R. L. Stine

Chair de poule®

La bête de la cave

Traduit de l'américain
par Yannick Surcouf

Treizième édition

bayard jeunesse

Titre original
GOOSEBUMPS SERIES 2000
I live in your basement !

Loi n° 49 956 du 16 juillet 1949
sur les publications destinées à la jeunesse
Dépôt légal avril 2011

ISBN : 978-2-7470-3688-7

Avertissement

Que tu aimes déjà les livres ou que tu les découvres, si tu as envie d'avoir peur, **Chair de poule** est pour toi.

Attention, lecteur !

Tu vas pénétrer dans un monde étrange
où le mystère et l'angoisse te donnent rendez-vous
pour te faire frissonner de peur… et de plaisir !

1

– Il suffit que je fasse un pas pour que ma mère crie au danger, déclarai-je.

J'étais avec mon copain Jérémy Goodman, en route vers le terrain de sport de notre collège.

– Sans blague ? ricana-t-il, incrédule.

Je confirmai d'un hochement de tête et pressai le pas pour traverser la rue.

– Hier soir, par exemple, il fallait que je dessine une carte pour notre devoir de géo. Je commence à tailler mes crayons de couleur. Ma mère entre dans ma chambre et s'écrie : « Ne fais pas ça, tu vas t'éborgner ! »

Cette fois, Jérémy éclata de rire.

– Et qu'est-ce qu'elle veut que tu utilises ? Des pastels, comme à la maternelle ? plaisanta-t-il.

Moi, je ne trouvais pas ça drôle. À douze ans, ma mère me considère encore comme un bébé. Elle me met en garde contre tout : « Ne grimpe pas aux arbres, tu vas te casser le cou ! Ne remplis pas trop la baignoire, tu vas te noyer ! Ne mange pas si vite, tu vas t'étouffer ! »

Chacun de mes gestes est source de danger. Bientôt, elle me dira : « Ne respire pas si fort, tes poumons vont éclater ! »

Ça m'énerve ! Elle imagine toujours le pire : « Tiens-toi droit, ou tu seras bossu ! Ne louche pas comme ça, tes yeux vont rester bloqués ! Ne mets pas les doigts dans ton nez, tu vas les coincer ! »

Elle est aussi championne du monde de la chasse aux microbes. Si on l'écoutait, tout serait contagieux. « N'embrasse pas le chien : attention aux microbes ! Ne mords pas dans le sandwich de Jérémy : attention aux microbes ! Ne mets pas tes mains dans tes poches : attention aux microbes ! » Elle est sans cesse sur le qui-vive, prête à bondir pour me prévenir contre une menace quelconque. J'en ai marre à la longue.

Elle n'aime pas que j'aille jouer au base-ball avec mes copains. Elle est persuadée que je vais me casser une jambe. Et encore, si j'ai de la chance. Elle me voit déjà plâtré de la tête aux pieds. Pourtant, il faut vraiment le vouloir pour se briser les os ! Mais ma mère pense que ça arrive tout le temps.

Voilà pourquoi ce jour-là j'avais fui discrètement la maison pour aller jouer au base-ball avec Jérémy et mes copains de classe.

C'était une belle journée ensoleillée. Les espaces verts bordant la rue scintillaient dans la lumière. La brise tiède nous apportait des parfums d'herbe fraîchement coupée.

Je suivais Jérémy en courant, ravi de pouvoir m'amuser un peu. Nous avions fini les cours plus tôt que d'habitude, à cause d'une réunion des professeurs. J'étais rentré en vitesse pour déposer mon sac à dos à la maison.

Elle était vide. Il n'y avait que Tyler, mon chien, à moitié cocker, à moitié on ne sait trop quoi. Il avait bondi joyeusement pour me lécher le visage dès qu'il m'avait aperçu. Ma mère n'aime pas qu'il fasse ça. Vous savez pourquoi : à cause de sa hantise des microbes. Seulement, maman n'était pas là, elle devait être partie faire des courses.

J'en profitai pour enfiler un vieux jean et un T-shirt. Puis je m'emparai de mon gant de base-ball et fonçai rejoindre Jérémy avant que ma mère ne rentre.

– Qu'est-ce qu'elle va faire si elle te surprend ? demanda Jérémy.

– Oh, j'aurai droit à un sermon, fis-je en haussant les épaules. Elle ne me punit jamais.

– Moi, mes parents ne me grondent pas.

– Évidemment, toi, tu es parfait, ironisai-je.

Jérémy répliqua en m'envoyant une bourrade dans l'épaule.

En fait, je ne plaisantais pas. Jérémy est un garçon parfait. Il accumule les meilleures notes en classe, il est doué en gym, il s'occupe de sa petite sœur et il n'a jamais d'ennuis. En plus, il n'est jamais malade : les microbes le fuient. Un garçon parfait, quoi…

Nous passâmes devant l'arrêt de bus, et la façade de notre école apparut devant nous. C'est un long bâtiment d'un étage peint en jaune vif. Personne n'aime cette couleur. D'ailleurs, ma mère dit souvent qu'elle en parlera au conseil des parents d'élèves. Nous traversâmes le parking. Un petit groupe se trouvait déjà sur le terrain de sport. Je repérai Gwendoline Evans et Léo Murphy. Les jumeaux Franklin se disputaient, comme d'habitude. Ils sont bizarres, ces deux-là ! Il ne faut surtout pas les mettre dans la même équipe, sinon c'est l'émeute.

– On peut commencer ! lança Jérémy. Tout le monde est là !

Il courut sur le terrain. Léo et quelques autres nous saluèrent au passage.

Gwendoline discutait avec Lauren Blank tout en manipulant deux battes.

Gwendoline veut toujours prouver qu'elle est aussi forte qu'un garçon. C'est vrai qu'elle est grande et costaud — elle a même une bonne tête de plus que moi. Avec ses épaules de déménageur, elle passe son temps à chercher la bagarre et à jouer les dures à cuire. Jérémy et moi, on ne l'aime pas trop, mais on veut bien l'avoir dans notre équipe, car elle envoie la balle à des kilomètres. Et quand il y a des disputes, c'est elle qu'on entend le plus.

– Allons-y ! pressa Jérémy.

Léo était en train de désigner Gwendoline et Lauren pour jouer avec lui. Il m'appela aussi. J'allai les rejoindre en courant. Gwendoline avait déposé une batte à terre. Elle tenait l'autre au-dessus de son épaule et me tournait le dos.

Comme j'arrivais à sa hauteur, elle la fit tournoyer violemment. Je vis la batte fendre l'air. Je ne parvins pas à l'esquiver : elle heurta ma tempe avec un bruit sec.

Au début, je ne sentis rien. Puis le décor se mit à tournoyer. La douleur explosa alors dans mon crâne. Un voile rouge vif masqua ma vue. Je fermai les yeux… et m'entendis crier. Je n'aurais jamais cru pouvoir hurler aussi fort.

À cet instant, le sol se déroba sous mes pieds et m'engloutit.

2

J'ouvris les yeux sur une lumière bleue. Bleue comme le ciel. Ma vision se brouilla un instant, puis le visage de ma mère apparut au-dessus de moi. Je battis des paupières.

J'étais à la maison.

Le regard de ma mère était noyé de larmes. Ses cheveux noirs étaient tirés en queue de cheval. Seules quelques mèches libres pendaient devant ses yeux.

– Marc ? demanda-t-elle d'une voix tremblante.

Je poussai un gémissement. Ma tête me faisait atrocement souffrir. En fait, mon corps tout entier était douloureux.

« Ça y est, j'ai réussi, pensai-je. Tous mes os sont cassés. »

– Marc ? appela ma mère. Tu m'entends ?

– Hein ? répondis-je en gémissant de nouveau.

Quelque chose était assis sur ma tête et y pesait lourdement. Tyler ?

Qu'est-ce que notre chien faisait sur ma tête ?

Je levai péniblement mon bras et touchai mon crâne. Je sentis un bandage épais. Je rabaissai ma main, et la pièce se mit à tournoyer. J'agrippai la couverture comme si ma vie en dépendait.

Je fixai la lumière bleue du plafond jusqu'à ce que ma vision redevienne normale. Je réalisai à cet instant que j'étais étendu sur le canapé en cuir du salon. Le regard de ma mère m'enveloppa de la tête aux pieds. Elle semblait paniquée, sa mâchoire tremblait légèrement.

– Marc ? Tu es réveillé ? Réponds-moi. Comment te sens-tu ?

– Bien, répondis-je dans un râle.

Ma gorge était douloureuse et je grimaçai. Ma mère se pencha sur moi et demanda d'une voix anxieuse :

– Peux-tu me voir, chéri ? C'est moi, Maman.

– Je te vois, murmurai-je.

Elle s'essuya les yeux avec un mouchoir et me contempla de nouveau.

– J'y vois très clair, la rassurai-je.

– Tant mieux, répondit-elle en posant la main sur mon torse.

Je me renfrognai. « S'il te plaît, ne dis pas : je t'avais prévenu, l'implorai-je intérieurement. Non, ne le dis pas. »

Le visage de ma mère devint soudain sévère et se rapprocha légèrement du mien.

– Je t'avais prévenu de ne pas jouer au base-ball !

– Mais, Maman, il y avait même des filles dans les équipes ! Je ne risquais rien.

– Je te l'avais bien dit, reprit-elle gravement. Seulement, comme d'habitude, tu ne m'as pas écoutée, et maintenant ton crâne est ouvert en deux comme une noix de coco.

– Quoi ? m'alarmai-je. Ouvert en deux ? C'est grave ? Elle ne répondit pas.

3

– Allez, Maman, la pressai-je. Qu'est-ce que le docteur a dit ? C'est grave ?

– C'est très grave, lâcha-t-elle.

À la manière dont elle avait dit cela, je compris que c'était faux. Sa voix avait une intonation trop enjouée. Ma mère disparut de mon champ de vision.

– Dis-moi la vérité ! insistai-je. Je vais m'en sortir, n'est-ce pas ?

Pas de réponse. J'essayai de tourner la tête, mais une violente douleur paralysa ma nuque.

Ma mère avait quitté le salon : bientôt, j'entendis des bruits de vaisselle dans la cuisine. Je tentai de l'appeler, en vain. Dépité, je reposai doucement la tête sur le coussin et fermai les yeux.

J'avais dû m'assoupir, car la sonnerie du téléphone me fit sursauter. Je clignai des yeux, ébloui par la lumière. Le téléphone sonnait toujours. J'attendais que ma mère décroche, mais elle n'arrivait pas.

Était-elle sortie et m'avait-elle laissé seul ? Ce n'était pas son genre. Où était-elle donc ?

Je roulai sur le côté en gémissant et tendis le bras pour attraper le combiné. Je le portai à mon oreille et poussai un cri de douleur lorsqu'il toucha mon bandage.

– Allô ? soupirai-je.

À l'autre bout du fil, le souffle rauque d'une respiration se fit entendre, puis une voix que je ne connaissais pas demanda :

– J'espère que tu vas bien, Marc ?

– Qui… qui est à l'appareil ? bredouillai-je avec peine.

Je fermai un instant les yeux et m'efforçai d'oublier la douleur lancinante dans mes tempes.

– J'espère que ça va. Je ne voudrais surtout pas qu'il t'arrive malheur, reprit la voix.

C'était un garçon.

– Ah bon ? Merci…, répondis-je, un peu surpris.

Le téléphone semblait peser une tonne, et la moitié de mon crâne était engourdie.

– Qui est à l'appareil ? demandai-je encore.

– Je ne voudrais pas qu'il t'arrive malheur, répéta le garçon. Car maintenant tu vas t'occuper de moi.

– Comment ça, m'occuper de toi ? demandai-je. Je ne comprends pas.

Il y eut un long silence. Je n'entendais qu'un souffle régulier à l'autre bout du fil.

– Qui est là ? insistai-je.

– C'est moi, répondit la voix. C'est moi, Keith.

– Keith ?

– Lui-même.

– Je ne connais pas de Keith.

– Tu devrais pourtant, répondit le garçon d'une voix doucereuse. Tu devrais me connaître, Marc, parce que… je vis dans ta cave !

4

Qui raccrocha le premier de nous deux ? Keith ou moi ? Je n'étais pas sûr. C'était confus dans mon esprit.

La voix de ce garçon était vaguement menaçante. Il avait cherché à m'effrayer. Mais pourquoi ?

Était-ce quelqu'un de mon école ? Ou un copain qui voulait me faire une blague ? En tout cas, ça n'avait rien de drôle.

Hébété par la douleur qui m'élançait, je restai à contempler le plafond pendant un temps indéfini.

Je revoyais en permanence Gwendoline sur le terrain, agitant ses deux battes. Puis une seule. Et la batte qui fonçait vers ma tête. Je poussai un gémissement et tentai de chasser cette vision.

– Comment vas-tu, Marc ? murmura une voix.

Je levai les yeux vers ma mère. Elle s'était recoiffée et s'était aussi changée. Elle portait un T-shirt vert et une jupe sombre.

– Tu te sens mieux ? Je t'ai préparé un bol de corn flakes. Tu devrais manger un peu, sinon tu auras des brûlures d'estomac.

– Maman, le téléphone, demandai-je d'une voix pâteuse. Il a sonné et…

– C'était Jérémy, me coupa-t-elle. Il voulait passer prendre de tes nouvelles.

– Jérémy ?

– Oui. Je lui ai dit que tu étais encore trop fatigué. Il viendra demain.

– Non, Maman, pas cet appel-là, intervins-je en tentant de me redresser dans le canapé.

Mon crâne me faisait moins souffrir. La pièce ne tournoyait plus.

– Je parlais de l'autre appel. Comme tu n'étais pas là, j'ai répondu.

– Allons, Marc…, commença ma mère.

– C'était un garçon bizarre, poursuivis-je en l'interrompant. Il avait une drôle de voix. Il a dit qu'il s'appelait Keith et qu'il vivait dans la cave.

Ma mère vint aussitôt poser sa main sur mon front :

– Tu m'inquiètes, Marc. Il faut te reposer. Tu ne m'écoutes jamais. Et ce très mauvais coup que tu as reçu sur le crâne…

– Mais, Maman, le téléphone ! protestai-je.

Ma mère resta un instant à me contempler, et je remarquai que sa mâchoire tremblait légèrement.

– Tu ne sais plus ce que tu dis, murmura-t-elle.

– Pourquoi ?

Ma mère fronça les sourcils d'un air préoccupé :

– Il n'y a jamais eu de téléphone dans le salon…

5

Le lendemain, je m'éveillai de bonne heure. Je me dressai dans mon lit, en pleine forme. Avant même de poser un pied à terre, je savais que j'allais mieux. Je n'avais plus mal à la tête, mes muscles n'étaient plus engourdis. Je pris une bonne douche, et le contact de l'eau acheva de me réveiller.

Tandis que je me séchais, je réalisai que je ne portais plus de pansement. Le bandage devait être tombé par terre. J'avais dû l'ôter sans m'en rendre compte pendant la nuit.

Je me précipitai devant le miroir de l'armoire à pharmacie pour mesurer l'étendue des dégâts. Ça ne semblait pas trop grave. Une superbe bosse avec un bleu virant au violet ornait ma tempe. Elle avait la taille d'un œuf. Le reste de mon crâne était normal. Je plissai les yeux et m'examinai de plus près : oui, ça pouvait aller.

Je lâchai un cri de satisfaction. Ma gorge n'était plus douloureuse. Je me sentais vraiment en forme.

J'enfilai un jean et un T-shirt et fonçai à la cuisine prendre mon petit déjeuner.

– Ne cours pas comme ça ! cria ma mère. Tu vas heurter la table et te briser la rotule !

La rotule ? Tiens, c'était nouveau !

– J'ai faim ! lançai-je en attrapant un bol.

Je le remplis à ras bord de céréales, versai le lait et commençai à avaler mes corn flakes goulûment.

– Ne mange pas si vite, m'avertit ma mère, tu vas t'étouffer !

Celle-là, je l'avais déjà entendue.

– Je vois que tu as bon appétit, dit-elle en me caressant tendrement l'épaule.

– Oui. Je suis guéri. Quel jour sommes-nous ?

– Samedi…

Son visage redevint sérieux :

– Je suis heureuse que tu ailles mieux, mais je veux que tu restes à la maison aujourd'hui.

– Si je t'écoutais, je ne sortirais jamais ! soupirai-je.

– Tu es encore très faible. Tu pourrais t'évanouir et te cogner le crâne sur un trottoir.

– D'accord, cédai-je à contrecœur. Je ne bougerai pas d'ici.

Soudain, deux coups violents me firent sursauter.

BANG ! BANG !

– Qu'est-ce que c'est ? m'alarmai-je.

Ma mère se leva, me lançant un regard surpris :

– Calme-toi ! On frappe à la porte, c'est tout ! Tu vois, Marc, tu n'es pas complètement rétabli, tu t'inquiètes pour un rien.

– Je t'ai promis que je ne sortirais pas..., grommelai-je tandis qu'elle allait ouvrir.

Jérémy pénétra bientôt dans la cuisine. Il s'arrêta à quelques mètres de moi et me regarda avec beaucoup d'attention.

– Alors, le revenant ? Tu es de retour parmi nous ? demanda-t-il.

– Oui, fis-je en souriant à sa plaisanterie.

Mon ami restait planté au milieu de la cuisine.

– Viens t'asseoir pendant que je termine mes céréales. Tu sais, ce n'est pas contagieux, lui dis-je, moqueur.

– Est-ce que tu as pris ton petit déjeuner, Jérémy ? demanda ma mère. Ce n'est pas bon de sortir le ventre vide.

Mon copain répondit par l'affirmative et s'avança lentement dans la cuisine.

– Tu sais, je n'arrête pas de revoir l'image de Gwendoline te frappant avec la batte, dit-il en déglutissant avec peine.

Tout en s'asseyant à côté de moi, il poussa un profond soupir :

– J'ai cru qu'elle t'avait arraché la tête ! C'était horrible. J'ai failli vomir.

– On ne parle pas de ça à table ! le réprimanda ma mère.

Elle se dirigea vers la porte :

– Je dois m'absenter pour un petit quart d'heure. Tu te rappelles ce que tu m'as promis, Marc ?

– Oui, je m'en souviens, râlai-je.

– Et ne t'agite pas. Discute calmement, sinon tu risques de perdre connaissance.

Dès qu'elle fut partie, Jérémy se pencha vers moi :

– Tu te sens vraiment bien ?

– Oui, confirmai-je avec un haussement d'épaules.

Je terminai mes céréales et me versai un grand verre de jus d'orange.

– Je me sens beaucoup mieux, ajoutai-je en vidant mon verre d'une traite.

– Gwendoline m'a appelé hier soir... pour prendre de tes nouvelles, dit-il. Elle était désolée de t'avoir frappé.

– Je pensais qu'elle se serait vantée d'un aussi beau lancer, répliquai-je, ironique.

– Pas du tout !

– Ce n'est pas de sa faute. J'ai foncé droit sur sa batte... Boum ! En plein dans le mille !

Nous restâmes quelques instants à parler de l'accident. Je lui proposai ensuite de toucher ma bosse.

– Ah non ! lâcha-t-il avec une moue dégoûtée.

Je réprimai un sourire : j'avais prévu qu'il réagirait ainsi.

– Qu'est-ce que tu veux faire maintenant ? demandai-je après avoir débarrassé la table.

– Ta mère t'a interdit de sortir, non ?

– On n'a qu'à rester ici !

– Et si on faisait un billard ?

Nous avons un billard américain dans la cave, mais il n'y a pas beaucoup de place pour jouer. Il faut tenir la queue presque à la verticale et contourner sans cesse les poteaux en ciment qui soutiennent le plafond.

– D'accord, dis-je. Prépare-toi à souffrir.

En fait, Jérémy est meilleur que moi. Il m'arrive de le battre cependant... quand j'ai de la chance.

Je passai un coup d'éponge sur la table et me dirigeai vers la cave. Je m'arrêtai soudain, la main sur la poignée de la porte.

« Je vis dans ta cave. »

La voix de l'inconnu au téléphone résonna dans mon esprit. Une voix froide, sans émotion.

« Maintenant, tu vas t'occuper de moi... Je vis dans ta cave. »

Ces paroles revenaient me hanter. J'hésitai, immobile sur le seuil.

« Allons, tu as rêvé cet appel, me raisonnai-je. C'était la fièvre. Il n'y a jamais eu de garçon. Pas de voix. Pas de Keith. »

J'avais déliré à cause du coup que j'avais pris sur le crâne, c'était tout.

J'ouvris la porte et regardai les marches. Au bout de quelques secondes, je me décidai enfin à entamer la descente en me tenant fermement à la rampe.

6

À peine arrivé en bas, je courus allumer toutes les lumières, même celle de la buanderie.

Jérémy prit une queue de billard et frotta l'extrémité avec de la craie bleue.

– Alors, Marc, c'est quoi, ton problème ? Tu viens jouer ? lança-t-il tout en m'observant.

– Je préfère quand la pièce est bien éclairée, répondis-je innocemment.

Je jetai un rapide coup d'œil derrière la pile de cartons, près de la chaudière, pour voir si quelqu'un s'y cachait. Je ne vis rien que de la poussière.

Je me trouvais un peu stupide. Personne ne pouvait vivre dans cette cave. Je courus rejoindre Jérémy et, au passage, saisis une queue.

La partie commença. Mon copain parvint à envoyer la boule trois dans un trou d'angle. À son deuxième tir, par contre, il n'en plaça aucune. C'était mon tour, mais j'étais coincé entre le poteau et la table. C'était une position très inconfortable. Je ratai mon coup, évidemment. Jérémy se mit à chercher le meilleur angle.

– Tu as déjà joué avec Gwendoline ? me demanda-t-il.

– Non, jamais. Elle est douée ?

Jérémy haussa les épaules :

– Elle joue au billard comme elle joue au base-ball. Elle frappe comme une brute. L'autre jour, elle a tiré si fort qu'une boule a traversé la pièce !

– Elle voulait peut-être la mettre sur orbite, plaisantai-je.

Nous éclatâmes de rire, et une violente douleur me transperça les tempes. Rien que de repenser à Gwendoline, j'avais mal au crâne !

Jérémy frappa la boule sept et faillit envoyer la huit dans un trou, à un centimètre près.

– Ouf ! C'était juste, souffla-t-il.

Au cas où vous ne connaîtriez pas les règles du billard américain, sachez que, quand on envoie la boule huit dans un trou, on perd la partie. C'est souvent grâce à ça que je gagne contre Jérémy !

– À propos de cette partie, les jumeaux Franklin jouaient aussi ce jour-là, poursuivit-il, et ils se sont battus.

– Rien de nouveau, remarquai-je.

– Oui mais, là, ils étaient vraiment ridicules. Ils discutaient pour savoir quelle boule était la six et laquelle était la neuf. Ils ont fini par se taper dessus à coups de queues de billard. Ils avaient des marques de craie bleue partout !

– C’est malin, murmurai-je.

Je frappai la cinq de toutes mes forces. Elle rebondit sur trois bandes, mais n’entra dans aucun trou.

– Tu sais pourquoi ils se chamaillent tout le temps ? demandai-je.

Jérémy réfléchit une seconde.

– Sans doute parce qu’ils sont jumeaux, répondit-il finalement. Comme ils n’arrivent pas à se reconnaître eux-mêmes, il faut bien qu’ils se prouvent qu’ils sont différents l’un de l’autre.

– Bien vu, dis-je, impressionné.

Soudain, un bruit étrange me fit lever la tête. C’était un grattement, tout près. Un raclement, suivi d’un bruit sourd.

– Tu as entendu ? chuchotai-je à Jérémy.

– Oui.

Bam !

Les bruits paraissaient venir de la vieille armoire coincée sous l’escalier.

Jérémy et moi nous tournâmes d’un seul mouvement, les yeux fixés sur le meuble.

– Il y a quelqu’un là-dedans, annonçai-je d’une voix mal assurée. Quelqu’un qui cherche à sortir.

Jérémy fronça les sourcils :

– Qui voudrait se cacher là-dedans ?

Sans prêter attention à sa question, j’avançai lentement vers l’armoire.

– Qui est là ? criai-je.

On entendit un nouveau raclement. Quelqu’un se tenait réellement derrière la porte.

– Qui est là ? répétai-je.

Pas de réponse.

J'attrapai la poignée, pris une grande inspiration et ouvris la porte d'un coup sec.

Je poussai un cri strident quand la créature bondit sur moi.

7

– C'est un écureuil ! s'écria Jérémy.

L'écureuil gris, de la taille d'un chat, atterrit sur ma cuisse. Il tomba à terre et détala en dérapant sur le linoléum.

– Qu'est-ce qu'il fabrique ici ? demanda Jérémy.

J'étais trop surpris pour pouvoir répondre. Je regardai l'animal qui essayait d'escalader un poteau en ciment, mais ses griffes dérapaient. Il finit par abandonner et fila en direction de la buanderie.

– Il faut le faire sortir ! criai-je.

Ma mère devient folle à chaque fois qu'un animal entre dans la maison. À cause des microbes.

L'écureuil marqua un temps d'arrêt sur le seuil de la buanderie, puis se retourna vers nous.

– Attrapons-le ! lançai-je.

Nous nous précipitâmes sur l'animal qui fonça se réfugier derrière le sèche-linge. Il était coincé !

– Je l'ai ! criai-je.

Je plongeai le bras derrière la machine, mais, paniqué, l'écureuil bondit sur mon dos, évita Jérémy et retourna dans la cave.

J'avais le souffle court, et mon cœur battait à tout rompre. Malgré cela, je le suivis. Il fila sous le billard, sa queue dressée comme une antenne.

J'allai ouvrir les fenêtres et m'emparai au passage d'un vieux filet de pêche qui traînait dans un coin. L'écureuil s'était immobilisé, tremblant comme une feuille.

– Petit, petit..., l'appelai-je en avançant doucement vers lui. On ne va pas te faire de mal.

J'abattis le filet... et le ratai. Aussitôt, il repartit comme une flèche à travers la pièce. Jérémy tenta de l'intercepter, en vain.

Nous le vîmes alors sauter sur le tas de cartons à côté de la chaudière et disparaître par le vasistas.

– Ouais ! cria Jérémy en levant le poing. Victoire sur tous les écureuils !

Je ne sais pas pourquoi, mais j'éclatai de rire. La voix aiguë de ma mère me calma rapidement.

– Que se passe-t-il en bas ? demanda-t-elle, déjà prête à dévaler les escaliers avec des pansements.

– Rien ! On joue au billard !

– Attention de ne pas vous crever un œil ! nous mit-elle en garde aussitôt.

Nous fîmes quelques parties. Jérémy les gagna toutes facilement, mais nous passâmes un bon moment, et personne ne finit éborgné.

Mon copain resta dîner. Maman nous fit une soupe au vermicelle et des hamburgers. Pendant que nous prenions notre entrée, elle nous répéta vingt fois de souffler sur les cuillers pour ne pas nous brûler la langue. Énervant…

Après le repas, je me sentis fatigué et bâillai à m'en décrocher la mâchoire. Jérémy décida qu'il était temps de rentrer chez lui.

– Monte dormir, dit ma mère dès qu'il fut parti. Je t'avais prévenu de ne pas te surmener.

– Je ne suis pas fatigué, mentis-je tout en grimpant l'escalier.

À peine arrivé dans ma chambre, je m'écroulai sur mon lit et m'assoupis immédiatement.

Je m'étais endormi trop tôt. Si bien que, en me réveillant en fin de soirée, j'étais en pleine forme. Je pris un livre qui m'ennuya rapidement. Je zappai sur les différentes chaînes de ma télévision sans rien trouver d'intéressant à regarder. Je consultai mon radioréveil : il était presque minuit.

Mon estomac émit un gargouillis. « Un petit casse-croûte me fera du bien », décidai-je.

Je descendis dans l'entrée ; un détail m'arrêta à mi-chemin. La porte de la cave était ouverte. Bizarre. Ma mère passe son temps à vérifier si tout est bien fermé.

Je m'avançai vers le battant et tendis la main pour le refermer… lorsqu'un craquement se fit entendre. Un bruit de pas ?

Je passai la tête par l'entrebâillement et scrutai la pénombre.

– Qui est là ? demandai-je.

Les marches de l'escalier grincèrent encore, et une voix métallique répondit :

– C'est moi, Keith. Tu te souviens ? Je vis sous ta maison.

8

– Non ! Tu n'existes pas !

Les mots s'étaient échappés de ma bouche malgré moi, comme une affirmation désespérée.

Je perçus alors des crissements de semelles sur le linoléum du sous-sol, et la lumière inonda la pièce. Une silhouette apparut au pied des marches… Maman !

– Qu'est-ce que… ? balbutiai-je, interloqué.

– Marc ! Pourquoi ne dors-tu pas ? gronda-t-elle, les poings sur les hanches.

– Parce que je ne trouvais pas le sommeil, répondis-je. Et toi, qu'est-ce que tu fais en bas à cette heure ?

– Moi non plus, je n'arrivais pas à dormir, alors je suis allée préparer une lessive.

– Remonte vite ! m'écriai-je. Il y a quelqu'un là-dedans !

Elle leva la tête pour m'observer en plissant les yeux :

– Qu'est-ce que tu racontes ?

– Vite ! insistai-je. Ce garçon ! Il vient de me parler. Il est en bas ! Il dit qu'il vit dans la cave !

– Marc, tu m'inquiètes, répondit ma mère d'une voix calme. Tout ça n'a aucun sens.

– C'est pourtant vrai ! Je l'ai entendu ! Il vient de me parler ! À l'instant ! Il est en bas !

– Dommage qu'il soit trop tard pour appeler le docteur Bailey, soupira ma mère en remontant vers moi.

Elle me posa la main sur le front.

– Tu n'as pas de fièvre…

– Maman, je te dis la vérité !

– Demain, c'est dimanche. Je veux que tu te reposes toute la journée. Nous verrons ensuite si tu peux retourner à l'école.

– Mais, Maman…, commençai-je.

La voix du garçon retentit alors depuis la cave :

– Marc ! Écoute ta mère !

9

– Maman ! Tu l'as entendu ? m'écriai-je.

– Entendu quoi ? demanda-t-elle en me regardant de travers.

– Le garç…

Je n'eus pas le temps d'achever ma phrase. Quelqu'un venait de me pousser violemment dans le dos. Je trébuchai, partis en avant et manquai de dévaler les marches.

– Hé ! protestai-je en me retournant brusquement.

Tyler me fixait, remuant joyeusement la queue. Il sauta de nouveau sur moi.

– Maudit chien ! hurlai-je. Tu as failli me tuer !

Tyler s'assit et poussa un gémissement.

– Ne le gronde pas ! protesta ma mère. Tu es à bout de nerfs, Marc ! Allez, remonte vite te coucher.

– Mais, Maman…

Je préférai abandonner. À quoi bon discuter puisque je n'arriverais pas à la convaincre ? Avant de partir, je jetai un dernier coup d'œil en bas, dans l'espoir d'apercevoir le garçon.

Je ne vis que les ténèbres.

Où pouvait-il se cacher ? Je ne l'avais pas inventé, et je n'étais pas fou. Que se passait-il donc ?

Ma mère m'autorisa à aller en classe le lundi. Malheureusement, vu la manière dont la journée se déroula, j'aurais préféré rester à la maison.

Je me sentais pourtant bien ce matin-là. Le bleu à ma tempe était toujours violacé, mais ma bosse avait diminué de moitié.

J'arrivais à peine dans la cour que tout le monde se rua sur moi. Comme d'habitude, les jumeaux Franklin se disputaient. À propos de leurs sacs de classe, cette fois. Ils les confondent sans arrêt. Dès qu'ils m'aperçurent, leur querelle cessa.

– Marc ! Tu vas bien ?

– Fais voir ton bleu.

– Beurk ! C'est moche !

– Tu dois avoir la tête dure !

Les copains de ma classe m'entouraient à présent et me taquinaient gentiment. J'étais l'unique centre d'intérêt, et j'adorais ça. D'habitude, personne ne fait attention à moi.

La journée s'annonçait donc plutôt bien… jusqu'à ce que Mlle Mosely nous fasse entrer en cours. Elle me demanda aussitôt de venir au tableau.

– Nous sommes tous ravis de te revoir, Marc, dit-elle.

Jérémy se mit à applaudir et la classe l'imita. Même Gwendoline, qui était au premier rang.

– Raconte-nous donc ton séjour à l'hôpital, poursuivit Mlle Mosely.

L'hôpital ? Je la dévisageai sans comprendre. J'avais dû manquer un épisode. J'avais été à l'hôpital, moi ?

– Comment était ta chambre ? demanda-t-elle. Quel médecin t'a ausculté ?

Je fronçai les sourcils, cherchant à me souvenir.

– Ne sois pas timide, Marc, poursuivit Mlle Mosely en m'observant à travers ses lunettes à la monture d'écaille.

– Je... je ne me souviens pas, bredouillai-je.

Les jumeaux Franklin ricanèrent, et des murmures s'élevèrent dans les rangs.

– Bien... De quoi te souviens-tu alors, Marc ?

Elle avait parlé avec lenteur, comme si elle s'adressait à un enfant de trois ans.

– Je n'ai... aucun souvenir ! dis-je, nerveux.

Gwendoline se pencha par-dessus son bureau vers Mlle Mosely.

– Si vous voulez, je peux lui donner un autre coup sur le crâne pour que ça lui revienne, suggéra-t-elle à mi-voix.

Quelques rires fusèrent, mais notre professeur foudroya Gwendoline du regard :

– Ça n'est pas drôle ! gronda-t-elle. Les trous de mémoire dus à un traumatisme crânien sont à prendre très au sérieux.

Gwendoline haussa les épaules.

– Je plaisantais, c'est tout ! On a bien le droit de rire quand même !

Pendant ce temps, je restais debout devant la classe, confus et mal à l'aise.

Pourquoi n'avais-je aucun souvenir de l'hôpital ? C'est vrai, quand j'avais repris connaissance, j'étais sur le canapé du salon !

Mlle Mosely m'autorisa à regagner ma place.

– Nous sommes heureux que tu ailles mieux, Marc, conclut-elle. Et ne t'inquiète pas, ta mémoire finira bien par revenir.

Sa remarque ne me rassura pas le moins du monde : jusqu'à maintenant, je ne savais pas que j'avais tout oublié. Je me laissai tomber sur mon siège, totalement perturbé.

Le reste de la journée se déroula comme dans un songe.

Sur le chemin de la maison, je ne cessai de me triturer les méninges, cherchant à me souvenir de moments passés à l'hôpital.

En longeant le terrain de base-ball, je regardai machinalement une partie en cours. Rien que de penser au jeu, j'eus des frissons.

J'allais m'éloigner quand une silhouette attira mon attention.

C'était Gwendoline ! Elle courait vers moi et brandissait sa batte de base-ball comme un gourdin. Elle paraissait déterminée.

– Marc ! Eh, Marc ! cria-t-elle en fendant l'air avec sa batte.

Je compris à cet instant précis qu'elle voulait me frapper encore. Pourquoi ?

– Non ! criai-je en frémissant d'horreur. Ne fais pas ça, Gwendoline !

10

– Marc ! Eh, Marc !

Gwendoline avait un air agressif. Sa batte fouettait l'air au-dessus de sa tête.

J'étais tétanisé, mes jambes ne répondaient plus. Je parvins finalement à bouger tout en poussant un cri rauque et je détalai sans demander mon reste.

Je traversai l'avenue, oubliant de prendre garde à la circulation.

« Elle est folle ou quoi ? pensai-je, paniqué. Pourquoi fait-elle ça ? »

Elle ne croyait tout de même pas me rendre la mémoire en me cognant à nouveau sur le crâne ?

Je tournai à l'angle de la rue, à fond. Mon sac à dos rebondissait à chaque foulée. Je jetai un rapide coup d'œil par-dessus mon épaule. Gwendoline était distancée. L'arrivée d'un bus avait ralenti sa course. J'empoignai les sangles de mon sac et accélérai encore.

Je m'efforçai de maintenir l'allure jusqu'à la maison. En arrivant, j'étais hors d'haleine. Mon cœur cognait dans ma poitrine, et mes tempes me lançaient. Je refermai la porte derrière moi et m'adossai contre le battant pour reprendre mon souffle.

– C'est toi, Marc ? demanda ma mère depuis la cuisine.

Je voulus répondre, mais seul un râle sortit de ma gorge. Ma mère apparut dans l'entrée.

– Comment s'est passée cette journée ? demanda-t-elle en me regardant avec attention.

– Bien, parvins-je à articuler.

– Tu ne t'es pas trop dépensé, j'espère ? Tu es si pâle. Tu n'es quand même pas allé en cours de gym ? Je t'avais fait un mot d'excuse.

– Je… je n'ai pas eu gym, bafouillai-je.

Ma mère n'arrête pas d'écrire des mots d'excuse pour me dispenser de sport. Elle a toujours peur que je tombe et que je me casse quelque chose.

– Pourquoi es-tu essoufflé comme ça ? s'inquiéta-t-elle en venant vers moi.

Elle me posa la main sur le front :

– Oh ! Mais tu es en nage ! Tu vas attraper froid !

– Je vais bien, soupirai-je.

Je m'éloignai de la porte et regardai par la fenêtre. Gwendoline m'avait-elle suivi ? Non, je ne la voyais nulle part.

– La journée s'est bien passée, repris-je. Aucun problème, je t'assure.

J'aurais peut-être dû lui parler de l'hôpital, mais je ne voulais pas qu'elle sache que j'avais perdu la mémoire. J'avais bien assez de soucis comme ça.

– J’ai des devoirs à rattraper, annonçai-je en grimpant les marches. Je vais dans ma chambre.

– Veux-tu goûter ? Ce n’est pas bon de travailler le ventre vide.

– Non merci, répondis-je en filant au plus vite.

Quand j’ouvris la porte de ma chambre, je poussai un cri d’étonnement.

Un garçon était assis sur le rebord de mon lit. Il était très maigre, avec des cheveux noirs bouclés. Il devait avoir à peu près mon âge. Son regard était fixe et des cernes lui dévoraient le visage. Il portait un jean noir et une chemise à carreaux trop grande.

– Qui… qui es-tu ? bredouillai-je.

– C’est moi, Keith, répondit-il doucement. Tu sais bien, je vis dans ta cave.

11

Trop bouleversé pour pouvoir parler, je contemplai cet étranger depuis le seuil de ma chambre.

Soudain, mes jambes se dérobèrent et je dus prendre appui contre le mur pour ne pas tomber.

Un sourire cruel se dessina lentement sur le visage de Keith, et une brève lueur anima ses yeux noirs.

– Entre donc, dit-il d'une voix doucereuse. J'ai pensé que nous devions faire connaissance puisque tu vas t'occuper de moi maintenant.

Je déglutis avec peine et restai un long moment paralysé d'horreur.

– Non ! Pas question ! finis-je par m'écrier en claquant vivement la porte.

Elle possède une clé que nous n'utilisons jamais. Cette fois, je fermai à double tour, d'une main tremblante, et vérifiai si c'était bien verrouillé.

Oui ! Je l'avais piégé. Keith était bloqué dans ma chambre ! Ma mère serait bien forcée de me croire à présent.

– Maman ! criai-je dans l'escalier. Monte vite !

Pas de réponse. Était-elle sortie ? Non, elle devait se trouver dans la cuisine.

Je secouai encore la poignée pour m'assurer que la porte était bien fermée et dévalai les marches quatre à quatre en appelant ma mère.

Elle sortit de la cuisine, un torchon à la main.

– Marc ! Que se passe…

– Monte vite ! lui criai-je. Je l'ai attrapé ! Il est là-haut !

– Attrapé qui ? demanda-t-elle d'une voix aiguë.

– Le garçon ! Celui qui vit dans la cave !

Je l'empoignai vivement par le bras et l'entraînai vers l'escalier. Mais elle se débattit et se libéra.

– Marc… Arrête ! Je n'aime pas que tu te comportes comme un fou.

– Je ne suis pas fou ! protestai-je.

Je l'agrippai à nouveau, et cette fois elle se laissa faire.

– Je n'aime pas ça, Marc. Le docteur Bailey m'a dit que, si tu recommençais à te conduire bizarrement, je devais l'avertir immédiatement.

– Maman, s'il te plaît ! plaidai-je. Keith est enfermé dans ma chambre. Tu vas le voir toi-même. Comme ça, tu sauras que je ne suis pas fou.

Tout en acceptant de me suivre, elle continua à marmonner entre ses dents. Mon cœur battait si fort que, arrivé sur le palier, je crus qu'il allait exploser.

Je tournai la clé et poussai la porte.

12

Je lâchai un cri d'étonnement. Tyler s'étalait de tout son long sur ma couette !

Il remua la queue en nous apercevant, puis poussa un petit gémissement.

Maman me posa doucement la main sur l'épaule :

– Allonge-toi, Marc ! J'appelle immédiatement le médecin.

– Non ! Attends ! protestai-je en me débattant.

Je plongeai par terre et regardai sous le lit.

– Keith ? Tu es là ?

Personne... Je me relevai et fonçai jusqu'à la penderie. Je l'ouvris en grand.

– Keith ?

Il n'était pas là non plus. Je balayai la pièce du regard. Où pouvait-il se cacher ?

Tyler bondit hors du lit et quitta la chambre.

– Tu sais pourtant que ce chien n'aime pas être enfermé, commenta ma mère.

– Ce n'est pas lui que j'ai enfermé ! C'est Keith.

– Ce n'est pas grave, Marc ! soupira maman. Tout ira bien, tu verras.

Malgré tout, sa voix tremblait légèrement. Il était facile de deviner ce qu'elle pensait : « Ce coup sur le crâne ne t'a pas arrangé, mon pauvre Marc ! Tu deviens complètement fou. »

Je pris une profonde inspiration et tentai de m'expliquer calmement :

– Maman, je ne sais pas comment Tyler est entré dans ma chambre. Mais je suis sûr qu'il y avait un garçon. Je l'ai enfermé moi-même.

– Je vais téléphoner au docteur Bailey. Ne t'inquiète pas, tout ira bien, répéta-t-elle.

Elle quitta ma chambre à la hâte. Ses paroles résonnèrent un instant dans ma tête : « Tout ira bien. »

Comme d'habitude, elle avait tort.

La salle d'attente du docteur Bailey était peinte dans des camaïeux de bleu et de vert. Un gigantesque aquarium où évoluaient des poissons multicolores occupait un pan de mur entier. Avec ces murs, ces chaises et cette moquette, tout en bleu et vert, j'avais l'impression de me retrouver moi aussi dans un aquarium !

Une fille de sept ou huit ans, accompagnée par son père, était assise en face de nous. Toutes les trois secondes, un terrible hoquet la faisait rebondir sur son siège.

– Ça dure depuis deux semaines, nous renseigna son père en secouant la tête.

– Papa ! Ça fait seulement, hic… dix jours !

– Est-ce qu'elle a mangé des œufs ? demanda ma mère.

Le père de la fillette la regarda sans comprendre.

– Le blanc d'œuf, poursuivit ma mère. C'est très dur à digérer.

L'homme la contempla pendant un long moment avant de murmurer :

– Je ne pense pas que ce soit ça.

La fillette rebondit de nouveau sur son siège. À cet instant, une colonne de bulles d'air remonta du fond de l'aquarium. J'avais l'impression de flotter en même temps que les poissons dans un bassin d'eau bleue.

Ces hoquets commençaient à me taper sur les nerfs. Je n'avais qu'une seule envie : retourner à la maison au plus vite.

– Rentrons, Maman ! Je me sens mieux, suppliai-je.

Ma mère secoua la tête et prit un magazine sur la table basse.

– Le docteur tient à t'examiner, répondit-elle en commençant à le feuilleter. Tu as reçu un mauvais coup sur le crâne, et tu n'as qu'une seule tête, alors il faut en prendre soin.

La fillette hoqueta encore.

– Retiens ton souffle, enfin, ordonna son père, agacé.

– Ça fait dix jours que je le retiens, se plaignit-elle.

Plusieurs centaines de hoquets plus tard, le docteur Bailey nous reçut enfin dans son cabinet.

C'était un petit homme rondouillard, à la mine joviale et au crâne lisse. Il portait un superbe nœud papillon et une blouse verte, de la même couleur que les murs de son bureau.

Il tira un peu sur mes paupières et examina mes yeux avec attention :

– Mmm... Tout ça m'a l'air normal !

Il pressa doucement l'hématome sur ma tempe :

– Ça te fait mal ?

– Un peu, avouai-je.

– Ça évolue très bien, conclut-il. Alors, Marc, dis-moi ce qui ne va pas.

J'hésitai à lui parler de Keith. Et si lui aussi me prenait pour un fou ? Et s'il me renvoyait à l'hôpital ? Devais-je lui avouer que je n'avais gardé aucun souvenir de mon hospitalisation ?

Le docteur m'observait fixement, attendant que je réponde.

Finalement, je décidai de tout lui raconter. Il était médecin, après tout, il pouvait comprendre.

Je lui confiai donc que je ne me souvenais pas de l'hôpital. Puis je lui parlai du garçon qui vivait dans notre cave. Je lui dis que j'avais rencontré Keith, que je l'avais enfermé dans ma chambre, et que j'avais retrouvé Tyler à sa place.

Après cette confession, je me sentis mieux.

Le docteur Bailey ne m'avait pas quitté des yeux pendant mon récit. À aucun moment il n'avait cherché à m'interrompre.

Il se pencha un peu sur son bureau et poussa un léger soupir.

– Ce n’est pas si grave…, annonça-t-il finalement.

– Oh, je suis soulagée ! s’exclama ma mère.

Le docteur Bailey se gratta pensivement la tête et ajouta :

– J’aimerais quand même me livrer à une petite vérification pour m’assurer qu’il n’y a réellement aucun danger.

– Laquelle ? demandai-je.

– J’aimerais enlever ton cerveau pour l’examiner, répondit-il.

13

– Quoi ? m'exclamai-je en manquant de tomber de mon siège.

– C'est une opération tout à fait banale, nous rassura-t-il avec un sourire confiant.

– Mais…

– Une fois que la boîte crânienne est découpée, le cerveau sort de lui-même, expliqua le docteur.

– Je n'en suis pas persuadé, protestai-je.

Il haussa les épaules.

– Marc, je ne pourrai pas t'examiner correctement sans cela. Il faut en passer par là.

Mon cœur s'emballa d'un seul coup et mes mains devinrent glacées.

– Vous… vous plaisantez, Docteur ? bégayai-je. C'est une blague ?

Ma mère m'envoya un coup de coude dans les côtes.

– Voyons, Marc, me reprocha-t-elle. Le docteur Bailey sait ce qu'il dit !

L'homme approcha son visage du mien, et je remarquai de fines gouttelettes de sueur sur son front.

– Ce n'est pas une opération douloureuse, nous assura-t-il.

Je levai un regard implorant vers ma mère :

– Tu ne vas pas le laisser faire, hein ?

Elle tapota doucement ma main :

– Je fais entièrement confiance au docteur Bailey. Je suis certaine qu'il agira pour le mieux. C'est un spécialiste.

Le médecin opina de la tête :

– J'ai déjà ôté des centaines de cerveaux.

– Est-ce que je pourrais en parler avec ma mère ? demandai-je, cherchant à gagner du temps. Nous pourrions revenir demain. En fait, je me sens très bien, vous savez, en pleine forme même.

Le docteur Bailey se gratta une nouvelle fois la tête :

– D'accord, rappelez demain. Nous prendrons rendez-vous pour le décervelage.

Le décervelage ?

Le médecin se leva, mettant un terme à la consultation. Je bondis de ma chaise et quittai le cabinet sans le saluer.

Ma mère me rejoignit bientôt dans la salle d'attente.

– Ce que tu as fait est très impoli, gronda-t-elle.

– Je tiens à garder mon cerveau, rétorquai-je d'un air déterminé en me dirigeant vers la sortie.

Je fis au passage un signe à la fillette qui avait le hoquet.

– Hic, hic, hic ! répondit-elle.

Oh là ! Son cas s'aggravait.

– Le docteur sait ce qu'il faut faire, poursuivit ma mère en me rattrapant sur le parking. Tu peux avoir confiance en lui.

Je montai dans la voiture, me calai dans le siège, bras croisés, et boudai pendant tout le trajet.

– Je vais parfaitement bien, grognai-je entre mes dents. Mon cerveau est normal. Je ne verrai plus ce Keith, j'en suis sûr. Il est parti à tout jamais.

Bien évidemment, c'était faux.

14

Voyant à quel point j'étais angoissé, ma mère me dit finalement qu'elle attendrait quelques jours avant de prendre une décision. Cela me rassura un peu.

Ce soir-là, je tapai un devoir sur mon ordinateur pour Mlle Mosely. Nous devions raconter une histoire en nous mettant dans la peau d'un personnage. J'avais décidé de décrire une journée vue par Tyler. Je trouvais amusant de me mettre à la place de mon chien.

Les chiens possèdent un quotient intellectuel de dix. C'est ce que j'ai appris en regardant une émission scientifique. Dix, c'est loin d'être génial. On ne comprend pas tout. Pas étonnant que Tyler paraisse souvent surpris ou dérouté. C'est sans doute pour ça qu'il peut passer un quart d'heure à aboyer contre une poubelle vide.

Je tapotais sur mon clavier, me souriant à moi-même. Je n'aime pas trop écrire, mais, pour une fois, le sujet m'amusait.

Soudain, le téléphone sonna. Je continuai à fixer mon écran, attendant que ma mère décroche en bas, mais elle n'en fit rien.

Je me levai donc et me dirigeai vers ma table de chevet. Pris d'une soudaine appréhension, j'hésitai à décrocher. Un frisson me parcourut.

Et si c'était Keith ? Je me souvenais de son premier appel, le jour où j'avais repris connaissance dans le salon.

J'empoignai le combiné sans le soulever. Je ne savais plus quoi faire. Je ne voulais pas lui parler. Je voulais qu'il disparaisse de ma vie.

À la sixième sonnerie, je finis par me résoudre à parler.

– Allô ? dis-je d'une voix mal assurée.

– Marc ? C'est moi.

Je fus saisi d'un nouveau frisson d'angoisse avant de reconnaître la voix.

– Jérémy ?

– Oui. Ça va, Marc ? Je venais juste prendre de tes nouvelles.

– Ça va, dis-je en m'asseyant sur mon lit. Je travaille sur mon devoir de français.

– Moi aussi. Tu as choisi le point de vue de qui ?

– De mon chien, répondis-je.

Il éclata de rire à l'autre bout du fil :

– Moi, j'ai choisi mon chat !

– Tu crois que tout le monde va prendre un animal ? demandai-je. Ce serait trop drôle !

Nous plaisantâmes sur le sujet pendant quelques instants. Ça me faisait du bien de discuter avec Jérémy. Je me sentais à nouveau normal.

– Il vaudrait mieux qu'on se remette au travail, conclus-je au bout d'un quart d'heure. On se voit demain !

Je reposai le combiné et retournai à mon bureau. Je m'apprêtais à m'asseoir lorsque je jetai un coup d'œil à l'écran de mon ordinateur.

Oh non ! Mon texte avait disparu ! À la place, il y avait un visage qui me fixait.

C'était celui de Keith !

– Non ! hurlai-je.

Alors un bras puissant s'enroula autour de mon cou et se referma sur ma gorge.

15

Ahhh !

J'étouffais. Des muscles d'acier écrasaient ma gorge. Je parvins à repousser le bras qui m'enserrait et me retournai vivement… pour apercevoir Gwendoline. Elle recula d'un pas et me décocha un large sourire.

– C'est toi ? haletai-je, encore sous le choc. C'était quoi, le but du jeu ?

Son sourire s'élargit encore :

– Je t'ai fait peur ?

– Non. J'ai l'habitude que les gens m'étranglent par-derrière, grognai-je, sarcastique.

– Je voulais te surprendre, fit-elle avec un petit rire. Mais on dirait que je ne sens pas ma force !

– Ça, c'est sûr, répondis-je en massant ma nuque. Qu'est-ce que tu viens faire ici ?

Gwendoline s'assit lourdement sur la chaise de mon bureau.

– Eh bien… je suis venue m'excuser.

– Quoi ? soufflai-je, interloqué.

– Vraiment !

Elle renvoya ses longs cheveux noirs dans son dos.

– À propos de la blague que j'ai faite en cours. Tu te rappelles, quand j'ai dit que j'allais te frapper une deuxième fois.

– Oui, je me souviens, fis-je.

– C'était bête de ma part, poursuivit Gwendoline. Je ne sais pas pourquoi j'ai dit ça. Alors, je suis passée pour te demander pardon.

– Eh ! protestai-je. Mais tu m'as pourchassé après l'école. Avec ta batte de base-ball et…

– Ce n'est pas vrai ! trancha-t-elle en se levant d'un bond. Je voulais m'excuser, c'est tout !

– Alors, pourquoi avais-tu ta batte ?

– J'allais à mon entraînement !

L'expression de son visage changea soudain.

– Tu n'as quand même pas cru que je voulais te frapper encore ?

– Euh…

Là, je ne savais plus quoi répondre. Je ne pouvais pas lui avouer la vérité, elle irait raconter à toute l'école que j'avais peur d'elle, et je passerais pour une poule mouillée.

Gwendoline plongea ses grands yeux verts dans les miens et murmura :

– Tu sais, Marc, je ne me sens pas fière de cet accident… Je n'arrête pas de le revivre. Je revois le moment où la batte t'a frappé, puis celui où tu es tombé en hurlant.

Elle poussa un profond soupir.

– Tu ne bougeais plus… J'ai eu si peur… J'ai cru que…

Elle détourna le regard.

– Je vais bien maintenant, la rassurai-je. Ne t'inquiète pas.

– Je n'ai pas trouvé l'occasion de m'excuser avant, c'est pour ça que je suis là, reprit Gwendoline.

Elle m'observa avec insistance :

– Tu es sûr que ça va ?

Je répondis d'un hochement de tête… et repensai brusquement à Keith.

– En fait, j'ai un gros problème, avouai-je. Il y a un garçon qui n'arrête pas de me harceler. Il m'appelle au téléphone, il entre dans ma chambre.

– Un garçon ? Qui te harcèle ? répéta-t-elle, curieuse.

– Regarde ! Là, il y a son image sur l'écran, dis-je en désignant mon bureau. J'étais en train de faire mon devoir de français quand le téléphone a sonné. Je suis allé répondre et, en retournant m'asseoir, je me suis aperçu que mon texte avait disparu. À la place, j'avais son visage sur l'écran !

Elle fixa mon ordinateur et me regarda aussitôt, l'air confus.

– Marc, dit-elle lentement. Ton ordinateur n'est pas allumé…

16

– N'importe quoi ! criai-je.

Je regardai l'écran. Gwendoline avait raison : il était noir. Totalement noir. Pas de mots, pas de visage.

Mon amie alla vers la fenêtre et s'y adossa, les bras croisés :

– C'est une blague ?

Je ne pouvais pas quitter mon ordinateur des yeux. Je n'avais pas rêvé, j'avais bien travaillé dessus ce soir. Et j'y avais bien vu la figure de Keith !

« Je ne suis quand même pas fou », paniquai-je.

– Il faut que tu me croies, insistai-je d'une voix tremblante. Il s'appelle Keith. Il me joue des tours, il me… il me hante !

Gwendoline me regarda bizarrement :

– Tu as commencé à avoir ces visions après l'accident ? C'est ça ?

– Et alors ? m'emportai-je. Je l'ai vu ! Il était là ! D'abord, assis sur mon lit ! Et puis, tout à l'heure, il y avait son visage sur mon écran. Il dit qu'il habite dans ma cave !

Gwendoline secoua la tête, et ses longs cheveux retombèrent de chaque côté de son visage.

– Calme-toi, Marc. Et réfléchis un peu à ce que tu dis.

– Je peux même te le décrire, continuai-je. Il a une chevelure noire semblable à la tienne. Et un regard fixe, avec des cernes… et l'air grave.

Gwendoline haussa un sourcil :

– Attends, ça ne tient pas debout ! Qu'est-ce qu'il ferait là ? Pourquoi habiterait-il dans ta cave ?

– Il m'a dit que je devais m'occuper de lui ! Jusqu'à la fin de ma vie !

Gwendoline m'observait en silence. Mais je pouvais presque lire ses pensées : « Pauvre Marc, il est bon pour l'asile. »

Une idée jaillit soudain dans mon esprit :

– Il est en bas, Gwendoline. Je sais qu'il y est. On peut vérifier.

Comme elle ne répondait toujours pas, j'ajoutai :

– Descends avec moi. S'il te plaît…

Je la vis se mordre la lèvre.

« Gwendoline est beaucoup plus courageuse que moi, songeai-je. Et elle est costaud. Si Keith est dans ma cave, je me sentirai plus à l'aise avec elle. »

– Je suis désolée, mais je ne peux pas, dit-elle finalement. Je dois rentrer. Je n'ai pas encore commencé mon devoir de français.

Sur ces mots, elle se dirigea vers la porte.

– Attends ! la suppliai-je en me précipitant derrière elle. Je ne suis pas fou, Gwendoline, je t'assure… et je peux te le prouver ! Viens avec moi !

Elle s'arrêta sur le seuil, indécise.

– S'il te plaît, insistai-je. Il est en bas. On va le trouver, j'en suis sûr. À moins que tu n'aies peur ?

– Tu plaisantes ou quoi ? dit-elle, piquée au vif. D'accord, allons fouiller ta cave.

Je savais que mon argument serait efficace.

– Bon, se décida-t-elle. Tu me montres ton copain, et ensuite je rentre.

Je descendis l'escalier avec elle, ouvris la porte de la cave et allumai la lumière.

Je regardai en contrebas. Tout semblait calme.

Pourtant, un frisson d'angoisse me parcourut.

17

– Passe la première, dis-je à Gwendoline.

Nos semelles résonnèrent sur le bois des marches. La température diminuait à mesure que nous descendions. Ma mère se plaint toujours que la cave ne soit pas chauffée.

Je suivais Gwendoline de près. Une fois en bas, je dus m'arrêter net pour ne pas la heurter. Nous balayâmes la pièce du regard.

Un des néons du plafond avait rendu l'âme, et le fond du sous-sol était plongé dans l'obscurité. Le goutte-à-goutte d'un robinet mal fermé dans la buanderie troublait le silence.

Un souffle rauque me fit sursauter, avant que je ne réalise que c'était celui de Gwendoline.

Elle fit alors quelques pas et plaça ses mains en porte-voix :

– Eh ! Il y a quelqu'un ?

Je me glissai derrière elle et tendis l'oreille.

Pas de réponse.

Keith ? hurla Gwendoline. Où es-tu ?

Je réprimai un frisson. Il était là. Je sentais sa présence. Pourquoi Gwendoline n'avait-elle pas peur ? Un bruit sourd résonna dans la pièce et je sursautai : une brusque rafale de vent venait de faire claquer un volet à l'étage.

Tous mes sens étaient en alerte. Je perçus un autre son étrange. Une souris ?

Non, c'était le crissement des semelles de Gwendoline sur le lino. Elle s'avançait un peu plus dans la pièce.

Je m'approchai du billard et jetai un œil en dessous. Personne…

Gwendoline alla ouvrir l'armoire. Elle examina une à une les étagères, puis referma la porte et se tourna vers moi.

– On a vraiment l'air bête, Marc.

– Il est là, l'assurai-je à mi-voix. Il habite ici, il me l'a dit.

Gwendoline soupira :

– On cherche encore quelques minutes, et puis je file.

– Allons voir près de la chaudière, suggérai-je en traversant la pièce.

Elle se trouvait du côté le moins éclairé de la cave et se dressait devant nous comme une gigantesque créature de métal.

– Keith ? lança Gwendoline. Où te caches-tu ? Allez, montre-toi !

Sa voix résonna contre les parois sombres. Le vent s'engouffrait sous les fenêtres en sifflant. Mon amie se remit en marche.

– Eh ! Attends-moi, soufflai-je.

Gwendoline ouvrit une malle remplie de vieux vêtements dégageant une odeur de moisi. Elle la referma aussitôt.

– Keith ? appela-t-elle. Allez, ne sois pas timide !

Nous jetâmes un coup d'œil derrière la chaudière. Personne.

– Nous n'avons pas encore vu la buanderie.

– Il se cache peut-être dans le sèche-linge, suggéra Gwendoline malicieusement.

Je savais qu'elle ne prenait pas cette affaire au sérieux, mais je m'en fichais. Sans elle, je n'aurais jamais osé fouiller la cave.

Je la suivais en direction de la buanderie quand soudain elle s'arrêta.

– Il est là ! s'exclama-t-elle. C'est lui ! Je le vois !

18

– Où ça ? m'écriai-je, en bondissant sur place.

Gwendoline désigna alors le vieux mannequin dont ma mère se servait pour coudre.

– Oh, pardon ! ricana-t-elle.

Mon cœur battait à tout rompre. J'en tremblais encore.

– Tu n'es pas drôle ! grondai-je en fonçant sur elle.

Comme je tentais de la bousculer, elle m'esquiva sans peine.

– Laisse tomber, Marc. Je savais que tu voulais me faire peur en inventant Keith. Mais ça n'a pas marché. Il n'y a personne ici.

– Tu... tu ne m'as pas cru une seule seconde ? bredouillai-je.

– Non ! Qui goberait une histoire pareille ? répliqua Gwendoline en haussant les épaules.

– Tu penses que j'ai voulu me venger ?

– Exact ! Comme ça, tu aurais pu raconter à toute l'école que tu m'as fait marcher.

– C’est faux ! Écoute-moi !

– Pas question ! trancha-t-elle en regagnant l’escalier. J’en ai assez.

Je me précipitai à sa suite et la retins par le bras.

– Attends, la suppliai-je.

Elle s’arrêta net et se tourna vers moi.

– Tu n’arriveras pas à m’effrayer, Marc, déclara-t-elle d’une voix calme.

Ses pupilles réfléchirent un instant la lumière de l’escalier et elle eut un sourire étrange.

– Tu ne me feras pas peur, Marc. Et tu vas vite savoir pourquoi, ajouta-t-elle.

– Qu’est-ce que… ? fis-je sans comprendre. Si tu voulais seulement m’écouter, je…

Elle m’interrompit d’un geste :

– Je vais te montrer quelque chose…

Gwendoline plaça alors ses mains sur la rampe de l’escalier et ouvrit grand la bouche. Celle-ci enfla démesurément. Le reste de son visage finit par disparaître derrière cette bouche béante. Sa langue tomba mollement sur son menton. Une substance rose se mit à dégouliner.

Petit à petit, la tête de Gwendoline disparaissait sous la masse informe. Au début, je crus que c’était une sorte de chewing-gum. Mais ce que je voyais en réalité, c’était les entrailles de Gwendoline ! Des organes jaunes s’accrochaient à la masse rose. Une longue chose grise s’échappa de sa bouche et s’enroula aussitôt sur elle-même. Des poumons violacés suivirent, et un cœur palpitant apparut.

– Ooooh !

Je venais de crier malgré moi. J'étais horrifié, mais je ne pouvais détacher mon regard du spectacle de ces entrailles exposées à l'air libre.

Une terreur froide, fascinante, me poussait à contempler ce magma luisant dans lequel grouillaient des paquets d'organes.

Gwendoline s'était retournée comme un gant.

En réalisant cela, je hurlai, assailli par une panique sans nom.

19

Mon cri résonna en écho dans la cave.

Gwendoline n'était plus qu'une masse informe d'entrailles palpitant à mes pieds. Les organes semblaient réagir à mes hurlements et tressaillaient en cadence, comme un tas de gélatine.

Tandis que je m'époumonais, une lumière blanche m'entoura. Elle était si vive qu'en fermant les yeux je l'apercevais toujours. C'était une lueur aveuglante. Mon cri se perdit dans ce halo lumineux. Gwendoline s'y retrouva noyée, puis toute la pièce.

Ébloui, je sombrai dans cette lumière éclatante comme dans un puits sans fond.

Lorsque j'ouvris à nouveau les yeux, je vis un plafond blanc. En tournant légèrement la tête, j'aperçus des rideaux, blancs eux aussi, entrouverts sur une fenêtre.

Ma gorge était douloureuse d'avoir tant crié.

Je clignai des paupières, et le visage de ma mère apparut au-dessus de moi.

– Tu es réveillé, Marc ? demanda-t-elle doucement.

Elle avait pleuré. Ses yeux étaient gonflés et les larmes avaient laissé des traces sur son fond de teint.

– Réveillé ? répétai-je d'une voix pâteuse.

– Tout ira bien, déclara-t-elle en posant sa main sur ma poitrine.

Je me trouvais dans un lit, dans une petite chambre d'hôpital.

– Tu as reçu un mauvais coup sur le crâne, Marc, dit-elle. L'ambulance t'a transporté ici. Tu es resté sans connaissance pendant près d'une heure.

– Hein ? Sans connaissance ? Je me suis évanoui ?

Ma mère approuva d'un hochement de tête.

– Mais je me trouvais dans la cave ! protestai-je. On le cherchait, Gwendoline et moi !

– Vous cherchiez qui ? demanda ma mère d'une voix inquiète.

– Keith, le garçon qui vit dans la cave.

– Tu as rêvé, commenta ma mère avec un sourire apaisant.

– C'était si effrayant !

– C'est à cause de ce coup sur le crâne. Cela peut provoquer des cauchemars.

– Tu veux dire que je n'étais pas à la maison ? Je ne suis pas retourné à l'école ?

– Non, fit ma mère en me regardant avec tendresse. Tu n'as pas quitté l'hôpital depuis ton accident. Je t'avais pourtant prévenu, Marc, me reprocha-t-elle en secouant la tête. Je savais bien que tu te ferais mal si tu jouais au base-ball.

Elle continuait à parler, mais je ne l'écoutais déjà plus. Je me sentais terriblement soulagé. Tout cela n'avait été qu'un rêve. Keith qui vivait dans ma cave. Le docteur Bailey qui voulait m'ôter le cerveau. Gwendoline qui vomissait ses entrailles.

Ce n'était qu'un cauchemar, un cauchemar horrible. Rien n'était arrivé, et je n'avais plus rien à craindre à présent.

J'étais si heureux que j'aurais voulu bondir hors du lit pour hurler ma joie.

Je lançai un coup d'œil par-dessus l'épaule de ma mère… Et je la vis !

Gwendoline !

– Oh non ! lâchai-je dans un râle.

Elle était là, en chair et en os. Elle était vivante ! Et elle traversait la pièce dans ma direction, une lueur mauvaise dans le regard !

20

Je poussai un cri de panique et me débattis dans mon lit. Mais les couvertures bordées serré m'interdisaient le moindre mouvement.

– Maman ! hurlai-je. Ne la laisse pas me frapper !

Gwendoline s'arrêta à quelques pas de moi, les yeux brillants. Ma mère posa la main sur son épaule.

– Qu'est-ce qui se passe, Marc ? Tu n'as quand même pas peur de ta sœur ?

Ma sœur ?

– Non ! protestai-je. Elle m'a frappé avec la batte et ensuite…

– C'est faux ! répliqua Gwendoline. Tu es fou ou quoi ? Je ne t'ai pas touché !

Ma mère s'interposa doucement :

– Ta sœur n'y est pour rien, dit-elle d'une voix apaisante. Elle n'était pas sur le terrain. Tu ne te souviens pas ?

– C'est le coup qu'il a reçu sur le crâne, commenta Gwendoline. Il a perdu la mémoire.

Elle m'examina avec soin et ajouta calmement :

– Tu te souviens de quelque chose ?

– Bien sûr, grommelai-je.

En fait, c'était plutôt confus dans mon esprit.

– Marc, combien font quatre et quatre ? demanda Gwendoline.

– Laisse ton frère tranquille ! gronda ma mère.

Elle se tourna vers moi en fronçant les sourcils :

– Tu te rappelles bien que tu as une petite sœur, n'est-ce pas, Marc ?

Petite sœur ? Elle devait me dépasser d'une tête !

– Oui, je m'en souviens, râlai-je. Comment pourrais-je l'oublier ? C'est ce cauchemar qui a tout chamboulé. Dans mon rêve, elle n'était pas ma sœur, et c'était elle qui me donnait un coup de batte.

– C'est Jérémy qui t'a frappé, intervint Gwendoline. Tu ne t'en souviens vraiment pas ?

– Jérémy ? répétai-je, abasourdi.

– Marc est encore perturbé, déclara ma mère. Mais le docteur Bailey affirme que tout ira mieux très bientôt.

– Sauf qu'il va rester débile, corrigea ma sœur.

– Gwendoline ! s'offusqua ma mère. Pourquoi dis-tu ça ?

– Parce qu'il était déjà débile avant son accident, gloussa-t-elle.

Je poussai un grognement exaspéré. J'aurais bien aimé lui flanquer une raclée, mais j'étais ligoté par les couvertures et je me sentais trop faible pour bouger.

Une douleur sourde cognait dans mon crâne, et certains épisodes de mon cauchemar revenaient hanter ma mémoire par flashes.

Je revis Gwendoline qui se retournait comme un gant et ses entrailles rosâtres qui palpitaient, semblables à un tas de gélatine. Je revis Keith tranquillement assis sur mon lit, comme s'il était chez lui !

Je secouai la tête pour chasser ces souvenirs et me penchai vers ma mère :

– Dis-moi, Maman. On ne connaît pas de garçon qui s'appelle Keith ? Je veux dire : il ne vit pas dans notre cave ?

– Mais si, bien sûr ! répliqua aussitôt Gwendoline.

21

– Quoi ? m'exclamai-je, horrifié.

Ma sœur me décocha un large sourire :

– La cave est pleine de gens. On refuse même du monde ! On a d'ailleurs créé le club de la cave. Et dès qu'on sort, ces inconnus s'installent confortablement à la maison !

Elle éclata de rire, ravie de sa blague.

– Arrête d'embêter ton frère ! la reprit ma mère. Il a suffisamment de mal à se remettre comme ça !

– Désolée, fit Gwendoline tout en continuant de pouffer.

– C'est la nervosité, tenta d'expliquer ma mère. Ta sœur était très inquiète pour toi.

Je me laissai doucement retomber sur l'oreiller et soupirai :

– Ce rêve… Il semblait si réel.

– Repose-toi, mon chéri, dit tendrement ma mère. Il te faudra du temps pour retrouver tes esprits.

Elle entraîna Gwendoline vers la porte :

– Nous allons prendre un café pendant que tu dors.

– Quand est-ce que je sors d'ici ? m'inquiétai-je.

– Bientôt, promit ma mère. Dès que le docteur Bailey t'aura ausculté. S'il trouve que tout va bien, tu pourras revenir à la maison.

– Super !

Je voulais quitter cet hôpital au plus vite. Je n'aurais jamais fait de tels cauchemars si j'avais été dans mon propre lit.

– À plus tard, Marc, fit Gwendoline avec un petit geste de la main.

Elle se retourna juste avant de sortir et demanda :

– Au fait, combien font quatre et quatre ?

– Gwendoline ! protesta ma mère.

– Neuf ! répliquai-je.

– Bien, ça s'améliore, fit-elle en riant.

Après leur départ, je restai de longues minutes à contempler la porte. Puis je fixai mon attention sur le plafond et entrepris de compter les carrés blancs qui le composaient.

Une douleur sourde me lançait encore dans les tempes, mais elle commençait à s'apaiser. Mes paupières devinrent de plus en plus lourdes… et je dus m'endormir.

Une légère pression sur mon épaule m'éveilla en sursaut. Un jeune docteur en blouse blanche était penché sur moi.

– Marc ? Je suis le docteur Bailey.

Il ne ressemblait en rien au médecin de mon rêve. Grand et bronzé, il avait des cheveux blonds bouclés et des yeux bleu pâle. On aurait dit un acteur jouant un rôle de docteur. Il ne semblait pas réel.

– Alors, comment te sens-tu ? demanda-t-il d'une voix calme. Pas trop étourdi ? Tu as mal à la tête ?

– Un peu.

– C'est normal. Bon… je vais t'examiner. Tu dois avoir hâte de rentrer chez toi.

– Oh oui !

Il regarda mes yeux :

– Bien… Tout a l'air normal. Montre ta langue.

J'ouvris grand la bouche. Le docteur empoigna ma langue et tira.

– Eh ! voulus-je protester.

Seulement, je ne pouvais plus parler. Ses doigts tenaient fermement ma langue.

« Ça fait mal ! Arrêtez ! »

C'est ce que j'aurais voulu dire, mais seul un râle étouffé jaillit de ma gorge. Le médecin tirait de plus en plus fort. Je commençai à me débattre, mais il me plaqua contre le matelas, une main sur mon torse, et continua. Ma langue s'allongeait démesurément. Elle pendait maintenant à côté du lit.

Le docteur en sortait des mètres et des mètres qui venaient s'entasser sur le sol. Il voyait bien que j'étouffais, et pourtant il continuait à tirer. Encore et encore…

Ma langue ressemblait à un serpent rose lové sur lui-même.

Le docteur ne s'arrêtait toujours pas. À présent, il chantonnait doucement.

« C'est un rêve, me dis-je. Un de mes horribles cauchemars. » Je fermai les yeux en me concentrant de toutes mes forces. « Réveille-toi, Marc ! Réveille-toi ! »

J'ouvris de nouveau les yeux.

Le docteur était toujours là, occupé à extirper des kilomètres de langue.

Et, cette fois, je ne rêvais pas !

22

Je me réveillai brusquement, les yeux rivés sur les carrés blancs du plafond.

Je me dressai sur un coude. J'étais en nage, mon cœur tambourinait dans ma poitrine.

– Docteur Bailey ? appelai-je dans un râle.

Il était parti. Je regardai autour de moi : les rideaux blancs, la fenêtre entrouverte, le lit vide à côté du mien. J'étais seul.

Je jetai un coup d'œil timide au pied du lit, m'attendant à y trouver un long ruban de langue rose.

Rien. Je passai ma langue sur mes dents. Elle avait une taille normale.

Je poussai un soupir de soulagement. « Ça va, me dis-je. Cette fois, je suis vraiment réveillé. »

Mes cauchemars dégoûtants étaient terminés.

Soudain, j'entendis des bruits de pas dans le couloir, et un géant pénétra dans ma chambre ! Il me regarda en souriant tout en lissant sa barbe noire.

Il faisait près de deux mètres ! Il marchait légèrement penché en avant. Il avait d'épais cheveux noirs, et des gros sourcils surmontaient ses lunettes d'écaille. Il portait une blouse ouverte, et un stéthoscope se balançait sur sa poitrine :

– Alors, Marc ? Tu vas mieux ? Je suis le docteur Bailey.

– Vous êtes… le vrai docteur Bailey ?

– Que veux-tu dire ? fit-il en fronçant les sourcils.

– Euh… Il y a un autre docteur Bailey… celui de mon rêve, commençai-je, ne sachant pas trop comment m'expliquer.

Il vint s'asseoir sur le lit à côté de moi, et le sommier métallique grinça sous son poids. Il m'observa attentivement pendant un long moment avant de déclarer :

– Oui, ces rêves sont un peu inquiétants…

Il appuya le stéthoscope sur ma poitrine et écouta quelques secondes.

– Le rythme cardiaque est normal, déclara-t-il.

Il fronça légèrement les sourcils.

– Ta mère et ta sœur sont à la cafétéria de l'hôpital. Elles vont remonter dans quelques minutes. Elles m'ont parlé de tes rêves, dit-il doucement. Ta mère m'a dit qu'ils t'avaient troublé, et apeuré aussi.

– C'est vrai. Ils étaient effrayants… et en même temps si réels. Les couleurs étaient si vraies. Je… je ne sais pas quoi dire.

Le docteur Bailey hocha lentement la tête.

– Je vais te garder en observation cette nuit, conclut-il en se redressant. Mais, rassure-toi, tes radios sont bonnes. Je n'ai relevé aucune trace de fracture. Tu as juste un hématome, qui devrait disparaître rapidement.

– C'est une bonne nouvelle, non ?

– Oui, acquiesça-t-il. Je suis seulement un peu troublé par tes rêves étranges.

– Je dois vraiment rester ici une nuit entière ?

Il se leva. Debout près de mon lit, il semblait mesurer des kilomètres.

– Oui, je préfère, Marc, répondit-il en prenant des notes sur une tablette. Je te reverrai demain matin. Et là, je suis sûr que tu pourras rentrer chez toi.

– Merci, docteur, dis-je d'une petite voix.

Je ne pouvais pas masquer ma déception. J'aurais tellement voulu quitter cet hôpital !

Le médecin se dirigea vers la porte et s'arrêta à mi-chemin :

– Oh, j'ai failli oublier…

Il sortit une enveloppe de la poche de sa blouse :

– C'est arrivé pour toi, Marc, il y a quelques minutes. Ta mère et ta sœur étaient déjà à la cafétéria.

Il me tendit la lettre.

– Repose-toi bien, fit-il. Je ferai en sorte que tu puisses partir le plus tôt possible.

Je le remerciai à nouveau et le regardai s'éloigner. J'examinai l'enveloppe. Dessus, il était écrit : Pour Marc. Je décachetai et dépliai une feuille blanche.

L'écriture était minuscule et les mots tracés à la hâte. Je dus approcher le papier de mes yeux pour en lire le contenu :

« Cher Marc,

Dépêche-toi de rentrer. Il est temps que tu prennes soin de moi.

Je t'attends dans la cave.

Keith. »

23

Quelques minutes plus tard, Gwendoline et ma mère pénétraient dans ma chambre.

– On t'a apporté une friandise, annonça Gwendoline en me tendant un Mars.

– L'infirmière dit que tu peux manger ce que tu veux, ajouta ma mère.

Elle s'approcha du lit et demanda :

– Tu as vu le docteur ? Qu'est-ce qu'il a dit ?

– Je pourrai rentrer demain si tout va bien. Mais, Maman…

Ma mère se pencha légèrement vers moi pour m'écouter attentivement.

– Tu ne manges pas ton Mars maintenant ? me pressa Gwendoline.

– Plus tard !

– Pourtant tu adores ça !

Elle en voulait un morceau, c'était évident. Je l'ignorai et m'adressai à ma mère :

– Le docteur Bailey m'a apporté une lettre. Je ne sais pas d'où elle vient. C'est Keith qui me l'a écrite. Tu sais, le garçon de mon rêve. Comment est-ce possible ?

– Quelle lettre ? demanda ma mère en fronçant les sourcils. Montre-la-moi…

Je tendis la main vers l'enveloppe que j'avais laissée sur les couvertures.

Elle ne s'y trouvait plus !

Je la cherchai partout sur le lit. Je me levai et regardai par terre. Non, elle n'était pas tombée. Je soulevai l'oreiller, fouillai sous les draps.

– C'est bizarre ! Je suis sûr de l'avoir mise là. Elle s'y trouvait encore il y a une minute…

Ma mère et Gwendoline échangèrent un regard de connivence.

– Je vous jure que c'est vrai ! protestai-je.

– Tu devrais te remettre au lit, suggéra ma mère. Je ne sais pas si le docteur aimerait te voir debout.

– Attends, je dois d'abord retrouver cette enveloppe, insistai-je.

– Ton Mars va fondre, lança Gwendoline.

– Je m'en fiche ! explosai-je. J'ai reçu une lettre d'un garçon qui prétend vivre dans notre cave. Il faut que je la retrouve !

– Calme-toi, Marc, intervint ma mère. Tu ne sais pas ce que tu dis. Recouche-toi.

– Mais…

À cet instant, le docteur Bailey passa la tête dans l'entrebâillement de la porte.

– Déjà debout, Marc ? Ça va mieux, à ce que je vois !

– Dites-leur, docteur ! m'écriai-je. Dites-leur que vous m'avez bien remis une lettre !

Le docteur Bailey me dévisagea, l'air perplexe :

– Quelle lettre ? De quoi parles-tu ?

24

Cette nuit-là, je luttai contre le sommeil de toutes mes forces. Je ne voulais plus vivre ces affreux cauchemars. Je ne voulais plus entendre parler de ce Keith, ni revoir ma sœur vomir ses entrailles.

J'avais gardé les rideaux ouverts et contemplais le ciel gris au-dehors, attentif aux bruits de l'hôpital. Finalement, je m'assoupis et plongeai dans un sommeil lourd sans rêves.

Au matin, quand j'ouvris les yeux, Gwendoline et ma mère se trouvaient déjà dans la chambre. Je poussai un grognement et roulai sur le côté.

– Debout, petit dormeur ! lança joyeusement ma mère. Le docteur Bailey te laisse sortir.

– Super ! répondis-je d'une voix pâteuse.

Une douleur sourde me vrilla les tempes. Je portai machinalement la main à mon crâne et sentis un bandage.

– N'y touche pas ! prévint aussitôt ma mère. Ça va te faire encore un peu mal pendant quelques jours, mais c'est normal.

Je posai les pieds par terre, et la tête me tourna un peu.

– Le docteur Bailey dit que tu pourras retourner à l'école quand tu te sentiras prêt.

– Tu as de la chance, commenta Gwendoline. Tu as loupé une interro surprise et un reportage rasoir sur des joueurs de cornemuse.

– Habille-toi vite, me pressa ma mère.

Elle n'eut pas besoin de me le dire deux fois. Je bondis dans mes vêtements.

J'étais si heureux de rentrer à la maison que j'en aurais dansé. Je me précipitai sur ma sœur et la pris dans mes bras pour la première fois de ma vie.

– Je suis désolé d'avoir rêvé que tu n'étais pas ma sœur, m'excusai-je.

Gwendoline me repoussa, dégoûtée :

– Ne refais plus jamais ça ! Je te préférais avant !

– Ne t'inquiète pas, répondis-je, enjoué. Dès que je serai à la maison, je redeviendrai exactement comme avant.

J'étais persuadé de ce que je disais.

En arrivant chez nous, je faillis embrasser la porte d'entrée. Je n'étais parti que depuis deux jours, mais cela m'avait semblé avoir duré des siècles !

Maman s'enferma dans la cuisine pour préparer une pizza maison. C'est mon plat préféré ! Elle ajoute plein de fromage râpé et des morceaux de saucisses de Francfort. D'habitude, elle n'en fait que le samedi soir. Mais ce jour-là était un jour particulier.

Jérémy passa dans l'après-midi. Il tenait à s'excuser de m'avoir frappé.

Je lui avouai que je n'avais gardé aucun souvenir de l'accident.

– C'est aussi un peu confus dans ma tête, répondit-il. Tu étais derrière moi et je ne le savais pas. J'ai voulu m'échauffer et... Bam !

Je cherchai à me rappeler la scène, en vain.

– Je suis vraiment désolé, Marc, dit-il, un peu gêné.

– Ce n'est pas ta faute, répondis-je. Tu n'y es vraiment pour rien.

– Ça lui a remis les idées en place, lança Gwendoline depuis le seuil du salon.

– Qu'est-ce que tu fais encore là, à nous espionner ? râlai-je.

– Espionner quoi ? répliqua-t-elle du tac au tac. Il n'y a rien de top secret dans ce que vous dites.

À mon avis, ma sœur a un faible pour Jérémy. Elle traîne toujours dans les parages quand il est là.

– Jérémy et moi, on va regarder une des cassettes que maman a louées. Tu restes avec nous ? proposai-je néanmoins à Gwendoline.

– Oh, j'ai vu les titres ! Elles ont toutes l'air ennuyeuses, répondit-elle, désinvolte.

Malgré tout, elle alla s'asseoir sur l'accoudoir du canapé.

– Vous avez choisi quel film ? demanda-t-elle en croisant les bras.

Je sortis le premier, *Indiana Jones*. Même si je l'ai vu une quinzaine de fois, je l'aime toujours autant.

– Celui-là est génial, annonçai-je en le glissant dans le magnétoscope.

D'ordinaire, ma mère refuse qu'on regarde des cassettes en plein après-midi. Elle prétend que c'est mauvais pour les yeux. Mais ce jour-là n'était pas un jour comme les autres.

Une pizza maison et un bon film, que demander de mieux ?

Nous nous installâmes dans le canapé pour profiter de ce moment. Ma mère entrait toutes les cinq minutes pour me demander comment j'allais. Et à chaque fois, je répondais : « Bien ! » Cependant, à la fin de la vidéo, je fus pris d'un violent mal de tête. Je décidai d'aller me reposer.

Je raccompagnai Jérémy jusqu'à la porte d'entrée et lui dis que je le rappellerais plus tard pour qu'il me passe les cours que j'avais manqués. Puis je montai dans ma chambre.

Je m'assis lourdement sur mon lit et ôtai mes chaussures avec un profond soupir. J'étais sur le point de m'allonger quand, brusquement, j'eus l'étrange impression d'être observé.

Je me retournai et vis un garçon sur le seuil de la porte.

– Jérémy ? appelai-je.

Non, ce n'était pas lui. Je reconnus l'individu dès qu'il entra dans la pièce.

C'était Keith !

25

Je fermai les yeux. Une fois. Deux fois.

Je voulais qu'il disparaisse. Mais Keith continuait d'avancer vers moi, d'un pas lent et assuré, ses yeux noirs rivés dans les miens.

– Non ! hurlai-je. Tu n'existes pas ! Tu n'es qu'un rêve !

– Je sais, répondit-il calmement.

– Je t'ai rêvé ! Et maintenant je suis réveillé, alors disparais !

Je me pinçai au sang pour m'en assurer. Aïe ! Ça faisait mal !

Pas de doute, j'étais bel et bien réveillé.

– Tu ne peux pas être ici, repris-je d'une voix tremblante. C'est une hallucination ! Tu n'existes pas !

Keith s'arrêta à un mètre de moi.

– Oh mais si, j'existe ! répondit-il avec un sourire venimeux.

Ses yeux sombres s'embrasèrent l'espace d'une seconde. Il ajouta :

– Je vis dans ta cave, Marc, et tu le sais.

– Mais… mais, bafouillai-je. Ce n'était qu'un rêve !

Keith, l'air narquois, avança son bras :

– Tu n'as qu'à me toucher, tu verras que je suis réel.

Je me levai, tendis une main hésitante et refermai mes doigts sur son poignet.

– Eh ! m'exclamai-je en reculant vivement.

Il était bel et bien réel !

Keith fit une petite grimace méprisante :

– Je te l'avais dit !

– Dans mes rêves…, commençai-je.

– J'utilise tes rêves, expliqua-t-il en m'interrompant. Je communique avec toi pendant ton sommeil. Je m'y glisse…

– Pour… pourquoi ? bredouillai-je.

Son sourire disparut et son regard devint froid :

– Je voulais que tu saches que j'étais là, que je t'attendais.

Je n'aimais pas l'expression de son visage ni le ton de sa voix. Ils étaient vaguement menaçants. Keith cherchait à m'effrayer.

Quand je réalisai cela, mon cœur s'emballa, et une boule d'angoisse noua ma gorge. Le sang afflua à mes tempes. Je reculai d'un pas et heurtai le rebord de mon lit. Je tombai sur le dos.

Keith bondit au même instant et m'empêcha de me relever.

– Je t'attendais, Marc, reprit-il d'une voix glaciale. Tu vas t'occuper de moi à partir de maintenant, et pour toujours.

– Non ! hurlai-je en me débattant.

Je roulai sur le côté et tentai de lui échapper. Mais il se montra plus rapide et me bloqua le passage.

– Non… Noon ! lâchai-je dans un souffle.

Keith se pencha sur moi, déterminé :

– Tu vas m'obéir, Marc. Tu feras ce que je dis.

– Va-t'en ! Tu n'es pas d'ici, protestai-je d'une voix tremblante.

– Il faut t'y habituer, siffla-t-il entre ses dents. Tu n'as pas le choix. Je suis ici, dans ta chambre, je suis bien réel, je vis dans ta cave, et tu vas t'occuper de moi, je te le répète. Tu feras même tout ce que je veux.

– Nooon ! hurlai-je, horrifié.

Je le repoussai rageusement et plongeai de l'autre côté du lit. Quand je me redressai, je vis la haine briller dans ses yeux. Il poussa un cri rauque.

– Qu'est-ce que tu cherches à faire, Marc ? demanda-t-il, narquois.

Il n'attendit pas ma réponse et sauta sur moi tel un fauve. Je l'esquivai d'un pas et allai me réfugier près de mon bureau. Je jetai un coup d'œil désespéré en direction de la porte. Keith me barrait le passage. Il respirait avec force, une lueur étrange dans les yeux.

Je fouillai la pièce du regard, nerveux, cherchant une issue ou une arme, quelque chose pour le maintenir à distance.

– Tu ne t'en tireras pas comme ça, Marc, grogna-t-il. Tu vas t'occuper de moi !

Il bondit à nouveau. Je l'esquivai encore et heurtai mon bureau.

Ma main se referma alors sur un presse-papiers. C'était un hibou en pierre, très lourd, que Gwendoline m'avait offert pour mon dernier anniversaire. Lorsque Keith s'élança pour m'attaquer, je l'accueillis d'un coup de poing. Il reçut le presse-papiers en pleine tête.

Ses yeux se voilèrent sous le choc. Sa bouche s'ouvrit sur un cri muet et il tomba d'un coup, comme une masse. Il resta étendu, inerte.

Il ne bougeait plus.

– Keith ? appelai-je d'une petite voix. Keith ?

Il ne répondait pas, regardant fixement le plafond. Je lâchai le hibou qui retomba avec un bruit sourd sur le sol et m'accroupis à côté du garçon :

– Keith ? Oh non ! me lamentai-je. Qu'est-ce que j'ai fait ?

26

– Keith ?

Je le secouai par les épaules. Sa tête roula mollement de droite à gauche. Il ne réagit pas. Son regard était vide.

– Nooon !

Je poussai un hurlement et me redressai vivement. Aussitôt, la pièce se mit à tournoyer. Je titubai et me rattrapai à la porte. Je me retournai une dernière fois avant de quitter la chambre pour appeler à l'aide. Et là, je vis Keith qui se transformait. Un cri de terreur m'échappa. Je le contemplai, horrifié.

Son nez et ses yeux fondirent à l'intérieur de son visage. Semblable à une tortue qui rentre dans sa carapace, sa tête disparut dans son corps. Ses bras et ses jambes firent de même, ils rétrécirent, comme absorbés par son torse. Sa peau se mit à scintiller.

Il n'y eut bientôt plus qu'une masse rosâtre, luisante et molle, qui ressemblait à une limace. Pétrifié par la peur, je tressaillis lorsque cette gelée informe glissa lentement hors de ses vêtements et rampa dans ma direction, laissant derrière elle un sillon de bave jaunâtre.

Alors, avant même que je songe à bouger, la chose dégoulinante se dressa et vint se plaquer contre moi ! Assailli par une odeur douceâtre, je poussai un grognement de dégoût.

Les chairs molles se refermaient sur moi comme une camisole. Je voulus crier, mais aucun son ne sortit de ma bouche.

L'odeur que dégageait la créature était suffocante. Elle remplissait peu à peu mes poumons tel un gaz empoisonné.

J'avais beau me débattre, mes jambes ne faisaient que s'enfoncer davantage dans la matière spongieuse. Chacun de mes mouvements provoquait un bruit humide, et mes poings disparaissaient dans cette substance visqueuse.

C'était exactement comme affronter un gigantesque chewing-gum.

La matière me recouvrit peu à peu, et la puanteur s'amplifia. C'était chaud, moite et palpitant. Et ça remontait le long de mon visage.

La masse m'engloutit, s'insinuant lentement dans mes narines. Je suffoquais !

J'allais mourir étouffé !

27

Je devais me libérer au plus vite, aussi secouai-je rageusement la tête. La matière suivit mon mouvement et adhéra davantage encore à mon visage. Je la sentais qui glissait petit à petit dans ma gorge.

Il me fallait trouver de l'aide. Mais où ?

Je chancelai. Pouvais-je encore me déplacer ? M'était-il possible d'entraîner cette masse gluante avec moi ? Si seulement je pouvais descendre…

Je levai un genou dans cette masse écœurante et tendis la jambe.

Oui ! Je venais de faire un pas, puis un autre.

Je tentai de regarder à travers cette matière translucide. Les formes extérieures m'apparaissaient comme dans un brouillard opaque. Je pouvais à peine respirer, et mes poumons commençaient à me brûler ! Je devais bouger, coûte que coûte ! Je luttai pour sortir de ma chambre. Gesticulant et me débattant, je fis un autre pas, puis encore un autre.

Je me trouvais à présent sur le palier. Chaque pas me rapprochait de la délivrance. Soudain, le sol se déroba sous mes pieds.

Je tombai dans l'escalier ! Heureusement, la masse spongieuse amortit ma chute et je rebondis sur le carrelage de l'entrée sans me faire mal. Je me relevai. Ma tête parvint alors à s'extirper du magma gluant et j'avalai une grande bouffée d'air.

C'était si bon ! Mes poumons avaient été sur le point d'exploser.

J'inspirai profondément… avant que la matière ne me recouvre à nouveau.

Malgré mes efforts pour résister, la chose m'enveloppait comme un cocon.

Un mouvement brusque m'envoya contre le mur de l'entrée et je basculai en direction de la cuisine.

« Maman ! Où es-tu ? » hurlait mon esprit.

La créature s'enroulait autour de moi, se collait contre mon visage. L'odeur était insoutenable. Je manquai défaillir et tombai à genoux.

Non ! Dans un ultime sursaut d'énergie, je réussis à me redresser et pénétrai dans la cuisine, entraînant la substance avec moi. Je parvins à distinguer les contours flous du buffet et m'y projetai alors violemment.

Vlam ! contre l'angle du meuble. Je reculai et m'élançai encore. Encore et encore.

La matière faisait un bruit mou à chaque coup, mais elle tenait bon et m'emprisonnait même de plus belle. Elle m'écrasait, me broyait. Je m'affaiblissais de plus en plus.

Je me projetai à nouveau contre l'angle tranchant du buffet. Cela fit un bruit dégoûtant, et la masse gluante abandonna enfin mon visage. Elle quitta ma poitrine et tomba au sol.

Je titubai, haletant, les poumons en feu. Et là je vis non pas une mais deux créatures.

La masse translucide s'était divisée en deux moitiés qui frissonnaient mollement sur le carrelage de la cuisine. Elles s'agitaient comme des insectes renversés sur le dos.

– Maman ! criai-je.

Ce n'était qu'un murmure rauque.

Quelque chose obstruait ma bouche. J'y plongeai mes doigts et en sortis un paquet de matière rosâtre. Réprimant un haut-le-cœur, je m'en débarrassai, la jetant dans l'évier.

– Maman !

Où était-elle ? Au téléphone ? Elle n'avait donc rien entendu de notre lutte acharnée ?

– Maman !

Je titubai vers la sortie. J'eus à peine le temps d'avancer que déjà la chose se refermait sur mes chevilles. Je poussai un hurlement et sursautai. Il n'y avait déjà plus rien à faire. Je pouvais sentir le contact visqueux des deux tas gluants qui remontaient le long de mon jean. Je me penchai pour les arracher, mais mes mains glissèrent.

– Maman ! Gwendoline ! Au secours !

Les deux masses remontaient vers ma tête.

Alourdi par leur poids, je tombai à genoux.

Résistant à mes mouvements, elles se réunirent pour m'emprisonner de plus belle. Je m'effondrai sur le sol. J'aperçus alors une silhouette à travers le voile translucide qui recouvrait mes yeux. Quelqu'un se déplaçait devant moi. Je repérai bientôt une tache de couleur.

Maman ? Allait-elle me sauver à temps de l'étreinte de cette créature immonde ?

« Vite, Maman ! Je n'ai plus d'air ! »

Je vis la silhouette courir vers la créature, s'arrêter et porter les mains à sa tête.

« Tire-moi de là, Maman ! Vite ! »

Mais non ! Elle ne bougeait pas ! Elle restait là, debout, à me contempler tandis que je rendais mon dernier souffle.

28

– Lève-toi, Marc, ordonna ma mère.

Elle se pencha sur moi et me bouscula légèrement.

– Allez ! reprit-elle sur un ton plus sévère. Que fais-tu par terre ?

– Au secours ! râlai-je. Je suis prisonnier de cette chose. Elle m'étouffe !

Ma mère posa sur moi un regard apitoyé et secoua la tête :

– Marc, ce n'est pas le moment de faire l'imbécile. Lève-toi vite !

« Quoi ? »

– Tu ne vois pas ? protestai-je. La tête de Keith a disparu, et il s'est transformé en gelée. J'ai voulu fuir, mais il m'a avalé et…

Elle haussa les épaules et se dirigea vers l'évier. Elle ouvrit le robinet.

– Maman ?

– Tu m'inquiètes, Marc, lança-t-elle. Tu racontes n'importe quoi. Allez, lève-toi. Tu as passé l'âge de te rouler par terre. Tu n'es plus un bébé.

Je me redressai et regardai autour de moi.

– Ça alors ! m'exclamai-je.

Le monstre gélatineux avait disparu ! J'examinai le sol : il était parfaitement sec.

« J'ai encore rêvé », me dis-je, consterné.

En réalité, cette masse écœurante n'avait jamais existé. Notre combat dans l'escalier n'avait pas eu lieu. C'était un horrible cauchemar de plus.

Je n'étais pas assis sur le sol de la cuisine. J'étais dans mon lit et je rêvais encore une fois. Il fallait que je me réveille pour que tout ça se termine enfin.

« Allez, Marc, réveille-toi ! » m'ordonnai-je.

Je me levai. Ma mère buvait un verre d'eau devant l'évier.

« Réveille-toi, Marc », me répétai-je mécaniquement. Mais si réellement j'étais en train de rêver, comment pouvais-je m'en sortir ?

Je me tournai… et me cognai le front sur le buffet. Ouuh ! La douleur explosa dans ma tête et redescendit le long de ma colonne vertébrale.

– Je ne dors pas, murmurai-je.

Ma mère fit demi-tour vers moi.

– Qu'est-ce que tu dis ?

– Je ne dors pas, répétai-je, hébété.

– Enfin, tu t'es relevé, commenta-t-elle sans tenir compte de mes paroles.

Elle m'observa un court instant :

– Tu as mal ?

Bien sûr que j'avais mal. Je venais d'emboutir le buffet.

– Ça va, répondis-je néanmoins.

Sur ces mots, je quittai la cuisine à toute allure. Je voulais être seul, réfléchir au calme à ce qui venait de se passer.

– Marc ? appela ma mère.

Je ne pris pas la peine de répondre et m'élançai dans l'escalier. Je m'engouffrai dans ma chambre et claquai la porte derrière moi.

– Doucement, Marc, lança une voix.

Je me retournai vers le lit et sursautai. Keith y était assis en tailleur, l'oreiller posé sur ses genoux.

– Assieds-toi, me dit-il en désignant la chaise de mon bureau. Respire et calme-toi. Nous allons passer un très long moment ensemble. Jusqu'à la fin de tes jours…

29

– Je suis encore en train de rêver ? demandai-je d'une voix angoissée.

Keith ne répondit pas. Il continua de désigner la chaise et ordonna :

– Assieds-toi.

Je jetai un coup d'œil vers la porte. L'idée de fuir m'effleura un instant. Soudain, le désespoir me submergea. Je me sentais mal et j'étais fatigué par toutes ces épreuves. Mes jambes se mirent à trembler et je titubai.

– J'en ai assez, gémis-je. Tu as gagné. C'est toi le plus fort.

Keith eut un sourire narquois et désigna de nouveau la chaise. Je m'y effondrai en poussant un profond soupir.

– J'abandonne, murmurai-je. Est-ce un rêve ou la réalité ? Je n'ai plus le courage de chercher à le savoir.

Le visage de Keith s'éclaira d'un sourire victorieux.

– Tu as gagné, répétai-je tristement. Je ferai ce que tu voudras.

Le garçon se leva d'un bond et traversa la pièce. Il me tapota doucement l'épaule comme s'il flattait un caniche.

– Brave petit !

Il se planta devant moi, bras croisés, l'air satisfait :

– Je savais que tu comprendrais, Marc. Tu es quelqu'un d'intelligent.

Je baissai la tête. Je ne voulais plus voir ce sourire qui me narguait.

– Tu vas prendre bien soin de moi, poursuivit-il. Tu feras ce que j'ordonnerai. Pendant toute ta vie.

Soudain, il tourna les talons et se dirigea vers la porte.

– Où vas-tu ? demandai-je d'une voix faible.

– Je redescends à la cave. Là où je vis… Et sais-tu ce que je vais faire ?

– Non…

– Devine.

– Non, soupirai-je. Laisse-moi tranquille.

– Je vais établir la liste des tâches que tu vas devoir accomplir pour moi. Quand j'aurai fini, je reviendrai, et nous verrons cela.

– Bien, murmurai-je.

Était-il vraiment sérieux ? S'attendait-il réellement à ce que je sois son esclave ?

Au moment d'atteindre la porte, Keith se retourna une dernière fois vers moi :

– Avant de partir, je voudrais te montrer quelque chose.

Il fit un pas dans ma direction et ouvrit grand la bouche. Aussitôt, une matière rose et humide en sortit. Pendant une seconde, je crus que c'était une bulle de chewing-gum. Puis je me souvins de ce qui s'était passé avec Gwendoline.

Des entrailles luisantes jaillirent de la bouche de Keith. Des organes jaunes s'accrochaient par grappes à la chair. Un cœur pourpre palpitait au centre d'un réseau de veines bleues.

Je restai un instant muet, tétanisé devant ce spectacle monstrueux, avant de pousser un hurlement.

30

Je battis des paupières. Mes yeux étaient gonflés et ma bouche sèche comme du coton. J'avais dû dormir pendant des heures. Je m'étirai. Mes muscles étaient douloureux. J'avais mal à la tête.

Je me redressai en laissant échapper une plainte et pris appui sur mes coudes. Le décor vacilla un instant.

– Wouh…, soufflai-je.

Les contours familiers de la cave redevinrent nets. Je me sentais faible et engourdi.

– Keith ! Tu es réveillé !

C'était la voix de ma mère. Elle apparut peu après.

J'ouvris la bouche pour lui parler, mais je ne pus que tousser. Je me raclai la gorge.

– Tu es enfin réveillé, Keith, dit-elle. Cela fait si longtemps !

Je secouai la tête pour chasser les souvenirs confus qui m'embrouillaient l'esprit et regardai tout autour de moi.

Oui. J'étais sain et sauf, dans la cave où je vivais avec ma mère.

Que m'était-il arrivé ? Pourquoi avais-je autant dormi ? D'étranges images me revenaient en mémoire.

– Maman, j'ai fait d'affreux cauchemars.

La main de ma mère vint se poser sur mon front. Elle était douce et tiède.

– De quoi as-tu rêvé ? demanda-t-elle tendrement.

– J'ai rêvé que Marc avait reçu un coup de batte sur le crâne, dis-je.

Je la vis se mordre les lèvres.

– Tu as rêvé de Marc ? répéta-t-elle en m'observant attentivement.

J'approuvai d'un hochement de tête.

– Oui... Marc avait reçu un coup sur la tête et...

– C'est toi qui as reçu un coup, Keith, m'interrompit-elle. Pas Marc.

– Tout était mélangé dans le rêve, dis-je. J'ai rêvé que j'allais dans la chambre de Marc, et que je lui disais qui j'étais. Je lui disais que j'habitais dans sa cave.

Ma mère vint s'asseoir au pied de mon lit :

– Alors ? Que s'est-il passé ?

– Il a commencé à me battre, répondis-je. Marc était horrible. Il m'a frappé. Il m'a jeté dans les escaliers. J'ai eu si peur !

Ma mère plissa les paupières, l'air sévère.

– Combien de fois te l'ai-je dit, Keith ? Il ne faut jamais jouer avec les humains.

– Mais…, tentai-je de me justifier.

Elle leva la main pour m'imposer le silence.

– On ne joue pas avec les humains ! assena-t-elle gravement. Tu es un monstre, Keith, et ça non plus, ne l'oublie jamais.

Elle soupira et reprit :

– Ce n'est pas parce qu'on leur ressemble qu'on peut les fréquenter.

– Je sais, je sais, grognai-je.

J'avais déjà entendu ce sermon des centaines et des centaines de fois !

– Je t'avais pourtant interdit d'aller jouer avec Marc et les autres humains. Tu ne m'as pas obéi, et voilà ce qui t'est arrivé.

Comme elle désignait ma tête, je levai la main et sentis un bandage.

– Tu as reçu un coup de batte, reprit-elle d'une voix qui tremblait légèrement. Un mauvais coup. Pas étonnant que tu aies fait des cauchemars.

– Maman, s'il te plaît…, protestai-je tout en essayant de me redresser.

Elle me força doucement à me rallonger et poursuivit son sermon.

– Tu ne peux pas aller là-haut et jouer avec les humains. Nous devons être très prudents, mon chéri…

Quand elle commençait ce discours, il était impossible de l'arrêter.

– Je sais ! tranchai-je, exaspéré. Nous sommes des monstres, et nous vivons dans la cave de Marc et Gwendoline. S'ils l'apprennent, ils auront peur et ils nous chasseront.

– Je comprends que tu aies parfois envie d'aller jouer avec eux, reprit ma mère sur un ton plus doux. Mais cette fois, j'espère que tu retiendras la leçon. J'ai eu très peur pour toi, Keith.

– Je suis désolé. Je ferai attention maintenant.

Ma mère se redressa et sourit, satisfaite de ma réponse.

– C'est bien. À présent, tu as besoin de repos. Retourne-toi et dors.

– D'accord, dis-je.

Je la regardai s'éloigner de l'autre côté de la cave. J'ouvris alors la bouche et commençai à me vider. C'était si bon de sentir ses entrailles à l'air libre, si rafraîchissant.

Mon cœur et mes artères glissèrent lentement entre mes dents. L'estomac allait suivre lorsque, tout à coup, j'entendis un bruit.

Oh non ! Ça venait des marches !

Je tournai la tête et aperçus Marc. M'avait-il repéré ?

31

Sans quitter des yeux la silhouette qui se tenait en haut des marches, je ravalai mes entrailles. Mon cœur et mes artères rentrèrent à l'intérieur, puis j'engloutis mes poumons.

Marc m'avait-il vu ? Oui. Il avait un regard affolé, sa mâchoire pendait d'ébahissement.

La panique me submergea.

C'était notre hantise, à ma mère et moi, d'être surpris par un humain.

Qu'allait-il se passer maintenant ?

Je regardai Marc, guettant sa réaction.

Il lui fallut du temps pour se remettre de sa frayeur. Il resta un long moment agrippé à la rampe de l'escalier, les yeux fixés sur moi, comme s'il ne pouvait pas croire ce qu'il venait de voir.

– Qui… qui es-tu ? demanda-t-il finalement d'une voix incertaine.

Je déglutis difficilement. Que dire ? Je devais répondre vite.

– Qui es-tu ? reprit-il d'une voix plus assurée.
– Euh… balbutiai-je. Je ne suis personne. Je suis un rêve.
Il fronça les sourcils, sans comprendre.
– Remonte dans ta chambre, lui dis-je.
Allait-il me croire ?

FIN

EXTRAIT

Et pour avoir encore la

Chair de poule®

lis
ces quelques pages de

Danger, chat méchant !

EXTRAIT

Le chat ouvrit sa gueule et miaula : il s'apprêtait à attaquer. De la bave blanchâtre coulait le long de ses babines retroussées.

Il hurla de nouveau, le dos arqué, les poils hérissés sur son corps. Son miaulement aigu se termina par un sifflement abominable.

Ses yeux ovales brillaient intensément. Leur éclat était si fort que la jeune fille dut se détourner pour ne pas être éblouie. Elle attira son frère vers elle. Le chat miaula une deuxième fois, en guise d'avertissement. Les deux enfants trébuchèrent en reculant et se cognèrent contre le mur.

Le hurlement du chat s'enfla et devint comparable à celui d'une sirène de voiture. La bête se redressa sur ses pattes de derrière. Celles de devant déchiraient l'air, toutes griffes dehors.

EXTRAIT

À présent, la bave blanchâtre de l'animal tombait sur le plancher de la chambre à coucher tandis qu'avec sa langue rose, il se pourléchait les babines !

– Il… il grossit ! bégaya la jeune fille, en montrant l'animal d'un doigt tremblant.

Elle avait raison, le chat changeait de taille… il grandissait ! Ses pattes arrière s'allongeaient, son corps gonflait et ses yeux luisants scintillaient comme des étoiles au-dessus de sa gueule béante.

– Ce n'est pas un chat, murmura la fille, c'est un monstre !

Elle serra l'épaule de son frère tellement fort qu'il en cria.

– Filons, dit le garçon d'une voix étouffée.

Sa sœur se retourna vers la porte, mais le chat enragé lui bloqua aussitôt le passage. L'issue semblait condamnée.

Pour la troisième fois, le chat poussa un miaulement strident. Il était devenu plus grand que l'armoire, son ombre envahissait la pièce. Il continuait de brasser l'air de ses griffes énormes, puis il avança vers les enfants.

– Il va nous dévorer, pleurnicha le garçon.

La fille avala sa salive avec difficulté, mais ne répondit rien.

– Il faut bouger, lança-t-elle enfin.

Ensemble, ils s'apprêtèrent à prendre la fuite.

EXTRAIT

Le miaulement du chat se transforma en rugissement.

La gamine écarta son frère, essayant d'éviter les griffes qui les menaçaient.

– Oh ! Non !

Un cri d'horreur s'échappa de sa gorge. Le chat, devenu une créature géante, venait de saisir son frère par la taille.

– Lâche-le, lâche-le ! hurla-t-elle tout en s'efforçant de repousser l'animal.

Mais le chat maintenait son emprise et, baissant la tête, il enfonça ses crocs dans l'épaule du garçon !

– Arrête-moi ça, arrête ça immédiatement !

Les hurlements de mon frère m'avaient fait sursauter. Je restai une seconde sans bouger, puis me précipitai dans le couloir et déboulai dans sa chambre pour éteindre la télévision.

Lorsque l'écran devint noir, je vis, assis sur le bord du lit, quelque chose qui ressemblait davantage à une souris apeurée, toute tremblante, qu'à un jeune garçon.

– À quoi tu joues, Peter ? Pourquoi regardes-tu toujours ces films d'horreur ? Tu sais très bien que ça t'empêche de dormir !

– Je... je n'ai pas peur, bégaya-t-il d'une petite voix.

– Quel gros menteur !

EXTRAIT

– Bon, c'est vrai, admit-il en fixant le plancher de ses yeux fatigués.

J'avais envie de l'embrasser, mais Peter ne m'aurait pas laissée faire. Il ne supporte pas le moindre câlin. C'est bizarre, mais c'est ainsi. Cela lui passera un jour peut-être...

– Je ne savais pas que ce film était si effrayant, dit-il en secouant la tête. La photo sur l'étui de la cassette était géniale...

– Et comment s'appelle cette vidéo ? demandai-je.

– *Le cri du chat !*

Cela me fit rire ! Quelle drôle d'idée de vouloir regarder des films de ce genre quand on ressemble à une souris ! Mon frère est plutôt petit et maigrelet, avec des cheveux noirs coupés très court. Il a les dents un peu en avant... comme les rongeurs.

– Ce n'est pas pour un enfant de sept ans, grondai-je. Pourquoi ne regardes-tu jamais de dessins animés ? Des programmes qui fassent moins peur ?

Je jetai un coup d'œil à ma montre.

– Il faut que je file, déclarai-je.

– Alison, dit doucement mon frère en serrant ses bras contre sa poitrine, je peux te demander quelque chose ?

– Qu'est-ce que tu veux ? Dépêche-toi, Peter, j'ai rendez-vous avec Richard pour répéter notre pièce et on est déjà en retard.

EXTRAIT

– Est-ce que tu pourrais regarder la fin du film à ma place ? dit-il en soupirant.

– La fin du film ?

– Oui, je voudrais savoir ce qui arrive aux deux enfants.

J'eus un nouvel élan de tendresse à l'égard de mon frère. Il est tellement mignon ! Si mignon que toutes mes amies en sont folles !

Mais il y a des moments où j'ai envie de le taquiner, de lui pincer les oreilles par exemple. Seulement je ne veux pas briser le pacte que j'ai passé avec mes parents : celui de ne pas l'embêter.

– D'accord, mais plus tard, répondis-je.

La sonnette de la porte d'entrée retentit :

– C'est Richard, il faut que j'y aille.

Il acquiesça.

– Ce que j'aimerais avoir un chat ! ajouta-t-il.

– Quoi ? Tu voudrais un chat, toi ? Et pourquoi ?

Un sourire malicieux lui fendit le visage.

– Parce qu'il pourrait manger tes souris !

Peter se moque toujours de ma collection de souris. J'en ai des dizaines de toutes sortes, des empaillées, en terre cuite, des peluches. J'ai même des souris mécaniques qui se remontent…

– Souris Alison, amuse-toi bien !

C'est la grande blague de Peter. Il l'a inventée lui-même. Il passe son temps à me dire : Souris Alison, souris ! C'est idiot, sans doute, mais pour un gosse de sept ans, ce n'est pas mal.

Je jetai un rapide coup d'œil au miroir. En général, je me trouve plutôt jolie malgré mon nez un peu trop long et pointu. J'ai de longs cheveux noirs, tout raides et de grands yeux verts en amande qui me plaisent bien.

Je me donnai un coup de brosse et sortis en courant rejoindre mon ami Richard Engels. Il m'attendait sur son vélo tout en se recoiffant.

Il adore ses cheveux bruns et ondulés.

Lorsqu'il m'aperçut, il rangea son peigne et me fit un signe de la main.

Richard est très beau, et il le sait. Il est drôle et malin aussi. Bref, c'est un garçon vraiment sympa !

– Taratata, chanta-t-il en fanfare, tandis que je sortais ma bicyclette du garage. Voici la célèbre Alison Moore, applaudissez, s'il vous plaît !

– Ça va…, murmurai-je en enfourchant mon vélo rutilant.

On venait de me l'offrir pour mes douze ans. Il avait plein de vitesses et je ne savais pas encore bien m'en servir.

– Tu te souviens de ton texte ? lui demandai-je, tandis que nous descendions la rue.

Je changeai de vitesse, sans savoir réellement ce que je faisais.

– Un peu, mais il faudra que tu m'aides…

EXTRAIT

– Quoi ? Parce qu'en plus je dois connaître tes dialogues ? J'ai déjà du mal à retenir les miens.

Richard et moi avions les rôles principaux de la comédie musicale composée par notre professeur de musique, M. Keanes. Moi, j'étais la princesse d'un royaume mythique. Richard, lui, était le voleur qui entre dans le château en se faisant passer pour un prince. Il dérobait mes bijoux, mais je tombais tout de même amoureuse de lui.

La pièce *La princesse et le voleur de bijoux* était assez sympa, mais mon texte était trop long. Il fallait que je sache une douzaine de chansons par cœur. Richard et moi avions passé tout notre temps libre à les apprendre. Chaque jour, nous les fredonnions en allant à l'école.

Cette fois-ci encore, nous nous mîmes à chanter en descendant Broad Street. C'est une rue dans laquelle il est impossible de rouler lentement, la pente est tellement raide !

– Bienvenue au Château, vous allez passer des moments royaux !

Je m'apprêtais à ouvrir la bouche pour donner la réplique, lorsqu'une camionnette rouge roulant à toute allure déboula au milieu de la route, fonçant droit sur nous…

À cet instant, juste devant mon guidon, j'aperçus une forme grise, fugitive…

EXTRAIT

Un chat ? Oui ! C'était un chat !

Impossible de braquer. J'essayai de freiner, mais ma main glissa sur la poignée.

Le chat fonçait droit sur mes roues, comme une flèche.

Je perçus comme un choc brutal.

J'entendis un gémissement de douleur et un bruit qui ressemblait à un raclement… puis je sentis un obstacle… mou !

Et la tête du chat se détacha de son corps !

Je la vis devant moi, les yeux grands ouverts, la gueule tordue par la surprise. Elle volait dans les airs !

Je culbutai alors par-dessus le guidon, atterrissant sur le côté et sur le coude !

Le klaxon de la camionnette rouge me creva le tympan. Des pneus crissèrent.

Il était trop tard ! Trop tard !

Chair de poule®

1. La malédiction de la momie
2. La nuit des pantins
3. Dangereuses photos
4. Prisonniers du miroir
5. Méfiez-vous des abeilles !
6. La maison des morts
7. Baignade interdite
8. Le fantôme de la plage
10. La colo de la peur
13. Le loup-garou des marécages
14. Le pantin maléfique
15. L'attaque du mutant
16. Le fantôme d'à côté
18. La tour de la terreur
19. Leçons de piano et pièges mortels
21. Terreur sous l'évier
22. La colère de la momie
24. L'horloge maudite
25. Le parc de l'horreur
26. La fille qui criait au monstre
28. La rue maudite
29. Le fantôme décapité
30. Alerte aux chiens
32. Les fantômes de la colo
36. Jeux de monstres
38. Des appels monstrueux
39. Le souffle du vampire
45. Danger, chat méchant !
46. La bête de la cave
47. L'école hantée
49. Terrible internat
50. La peau du loup-garou
51. Le jumeau diabolique
52. Un film d'horreur
53. L'attaque des spectres
54. La fête infernale
55. L'invasion des extraterrestres, I
56. L'invasion des extraterrestres, II
57. Le manoir de la terreur
58. Cauchemars en série
59. Ne réveillez pas la momie !
60. Un loup-garou dans la maison !
61. La bague maléfique
62. Retour au parc de l'Horreur
63. Concentré de cerveau
64. Sous l'œil de l'écorcheur
66. Mort de peur
67. La voiture hantée
68. La fièvre de la pleine lune
69. Kidnappés dans l'espace !
70. L'attaque des œufs de mars
71. Frissons en eau trouble
72. Les vacances de l'angoisse
73. La nuit des disparitions
74. Le fantôme du miroir

Imprimé en Espagne